ファイアズ（炎）目次

エッセイ

詩

I

II

III

IV

短篇

テス・ギャラガーに

そして過去はまぬがれがたいものではない。
我々が「過去」と呼んでいるものが記憶に残っているわずかな一部でしかないからこそ。

ウィリアム・マシューズ『洪水』

ファイアズ（炎）

エッセイ

父の肖像

My Father's Life

私の父の名はクリーヴィー・レイモンド・カーヴァー。家族は彼をレイモンドと呼び、友人たちはC・Rと呼んだ。私の名はレイモンド・クリーヴィー・カーヴァー二世《ジュニア》。私はその二世《ジュニア》というところが嫌でたまらなかった。小さいころ父は私を「蛙《フロッグ》くん」と呼んだが、それはなかなか悪くなかった。しかしもっとあとになると他の家族同様、私を「ジュニア」と呼びはじめるようになった。私が十三か十四になってジュニアと呼ばれても返事をしないと宣告するまで、父はそう呼びつづけた。そのあと彼は私を「ドク」と呼ぶようになった。そして一九六七年の六月十七日に亡くなるまで、私のことを「ドク」あるいは「坊主《サン》」と呼びつづけた。

父が死んだとき、母が私の妻に電話でそのニュースを伝えた。私はそのころ新しい人生を模索中で、家族をあとに残してアイオワ大学の図書館学科に入ろうとしていた。妻が受話器をとると母は開口いちばん「レイモンドが死んだの！」と言った。一瞬、妻は私の死を知らされているのだと思った。母がそのすぐあとで死んだのが父の方のレイモンドであることを明らかにしたとき、「ああよかった。うちのレイモンドかと思いましたわ」と妻は言った。

父は一九三四年に職を求めてアーカンソーからワシントン州へとやってきた。おおかたは歩き、ときには車に便乗させてもらったり、あるいはからっぽの貨車に乗ったりして。父が何かしらの夢を抱いてワシントンにやってきたのかどうかは知らない。たぶん夢というほどのものはなかったのではないか。父は夢を抱くというようなタイプではなかった。父としてはおそらく、それほどひどくない報酬の得られる定職が欲しかっただけだろう。定職でさえあれば、それは何であれ意味のある仕事だった。しばらく林檎もぎをやり、それからグランド・クーリー・ダムの建設労働者になった。いくらか金を貯めると車を買ってアーカンソーに戻り、私の祖父母に家財をまとめさせ、西へと向かった。そのとき二人とも餓死寸前だったと父は私に言った。そしてその「餓死」というのは決して大げさな表現ではないのだ、と。そのアーカンソーのリオーラという小さな町にとどまっているほんのわずかのあいだに、私の母は町角で父に出会った。彼はちょうどバーから出てくるところだった。

「あの人は酔っ払ってたの」と母は言った。「どうしてそんな男を相手にしちゃったんだろう。目がすごくきらきらしていてねえ。まったく水晶玉でも持っていればよかったんだけどね」。二人はその一年ほど前にも一度ダンス・パーティーで顔を合わせていた。彼には私の前にも恋人がべつにいたのよ、と母は言った。「お父さんにはいつも恋人がいたわ。私と結婚したあとだってね。それに比べて私の方はあとにも先にもお父さん一人。でもそれを不満に思ったことは一度だってなかった」

二人はワシントンに発つその日に、治安判事の立ち会いのもとに結婚した。この背の高い田舎娘と、今は建設労働者となった農夫は夫婦になったのだ。母と父は、父の両親と一緒に新婚の夜を過ごした。アーカンソーの道路わきでみんなでキャンプしたのである。

ワシントン州オマークで、私の父母は小屋と呼んだ方が近いようなちっぽけな家に住んだ。祖父たちはその隣に住んだ。父はそれからもずっとダムで働きつづけ、後に巨大な発電用タービンが据えつけられ、川がカナダまで百マイルにもわたって堰き止められてしまうと、建設現場でフランクリン・D・ローズヴェルトが演説するのを群衆にまじって聞いた。「彼はダム建設中に死んだ人たちについては、ひとことも触れなかったな」と父は言った。彼の友人たちの何人かはそこで死んだ。アーカンソーやオクラホマやミズーリから来た人々だ。

それから父は、コロンビア川の川沿いにある、オレゴン州クラッツカニーという小さな町の製材所につとめた。私の生まれた場所だ。製材所の門のところで彼が誇らし気に私を抱きあげて顔をカメラに向けさせている写真が残っている。私のかぶったボンネットは曲がって、今にもほどけてしまいそうに見える。父の帽子は髪のはえ際まで押しあげられ、顔には大きな笑みが浮かんでいる。彼は今から仕事に入ろうとしているのだろうか、それとも勤務を終えたばかりなのだろうか？　それはまあどちらでもかまわない。彼には職があり、家族があった。父にとっての輝かしい日々であった。

一九四一年に我々はワシントン州ヤキマに移り、そこで父は鋸の目立て職人として働くようになった。彼はその技術をクラツカニーで身につけたのだ。戦争が始まっても、戦争遂行に必要な職に就いているという理由で、父は徴兵猶予を適用された。軍隊は建材を必要としており、彼は腕の毛を剃りおとせるくらいに鋭く鋸の刃を研ぎつづけた。

彼はヤキマに落ちつくと、またそこに自分の一族を呼び寄せた。一九四〇年代の終わりごろまでには、彼の一族の残りもみんな、アーカンソーからヤキマに移ってきた。父の弟や妹やその夫は言うに及ばず、叔父や従兄、従姉その他遠縁のものから友人に至るまでだ。それというのも私の父が、一家の中で芽が出た最初の人物だったからである。男たちは父が働いていたボイジー・カスケイドで職を得、女たちは缶詰工場で林檎を詰めた。しかしそうこうするうちに、母の言によれば、他の親戚の方が父よりむしろ暮らしむきがよくなってきた。「お前のお父さんはお金を貯める才覚のない人だったよ」と母は言った。「まるでポケットに穴があいてるみたいでね、いつも他人のためにお金を使っちまうのさ」

私がはっきりと覚えている最初の家は、ヤキマの南十五番街一五一五番地にあって、便所は家の外にあった。ハロウィーンの夜になると、いや、ハロウィーンに限らず気が向けばいつでも、夜になると近所の十代はじめの子供たちがいたずらをして便所をそこから運び去り、道ばたまで持っていったりした。父はそれをもとの場所に戻すのに誰かの助けを借りなくてはならなかった。誰かの家の裏庭に便所が置かれていることもあった。一度なんか本当に火までつけられた。でも便所が外にあるのは何も我々の家だけではなかった。私も物心がつくと、誰かが他の家の外便所に入っていくのを見かけたら、そこに石を投げつけるようになった。これは便所爆撃と呼ばれた。しかし、そのうちにみんなは家の中に水洗設備を引くようになり、ふと気がつくと外便所は我が家一軒だけになっていた。小学校三年生のときの受持ちだったワイズ先生が、車で学校から家まで送ってくれたときの恥ずかしさを、まだよく覚えている。私は一軒手前の家で車を停めてもらい、それが自分の家だと言った。

父が夜遅く帰ってきて、母が家中の鍵を中から閉めて父を入れなかったときのことも覚えている。酔った父がドアをがたがた揺すると、家ぜんたいが揺れたものだった。父がやっと窓をこじあけると、母は水切りボウルで父の額を打ってノックアウトした。父は芝生の上にごろんと引っくり返った。その後何年ものあいだ、私はその水切りボウルを手にとっては――それは麺棒みたいにずっしりと重かった――そんなもので頭を叩かれることの痛さについて思いをめぐらせたものである。

そんな時期のある日、父が私をベッドルームに連れていってベッドに座らせ、お前はしばらくラヴォン叔母さんのところで暮らさなきゃならないかもしれんなと言った。他所に行かされるような何か悪いことを自分がしたのだろうかと、私はあれこれ考えこんだ。どうしてそんな話が持ちあがったのかわけはわからないが、それもやがて一件落着とあいなったようで、我々はそのあとも同じ屋根の下に住みつづけ、私が他所の家にやられることもなかった。

母が父のウィスキーを流しに捨てていたことも覚えている。ときどきは全部を捨ててしまったが、みつかるのを恐れるときは半分だけ捨てて、そのぶん水を足した。私は一度ウィスキーをためしに飲んでみたが、それは実にひどい味のする代物で、どうしてそんなものが飲めるのか見当もつかなかった。

我々の家にはずっと車がなかったのだが、一九四九年か五〇年にやっと38年型フォードを買うことができた。しかし、買って一週間でロッドがとんでしまい、エンジンを作りなおしてもらわなければならなかった。

「私たちの乗っている車くらい古い車は、町じゅう探してもなかったね」と母は言った。「修理代を合わせただけでキャディラックが一台買えたんじゃないかしら」あるとき母は車の床に見知らぬ口紅のチューブとレースのついたハンカチをみつけた。「ほら、ごらん」と母は私に言った。「どこかの身持ちの悪い女が車の中に忘れていったんだよ」

一度母が温かい湯を鍋に入れて、父の眠っているところに持ちこむのを目にしたことがある。母は父の手を布団から出して、その湯につけた。いったい何をしているの、と私は母にたずねた。こうすると寝言を言うんだよ、ということだった。母には聞きだしたいことがあったのだ。父が何かかくしごとをしているはずだと彼女は思っていた。

私の小さいころ、だいたい毎年ノース・コースト鉄道に乗ってカスケイド山脈を横切り、ヤキマからシアトルに旅行したものである。我々はヴァンス・ホテルに泊まり、たしかディナー・ベル・カフェという店で食事をとった。「アイヴァーのはまぐり料理店」に入って、温かいはまぐり汁をカップに何杯も飲んだこともある。

一九五六年、私がハイスクールを卒業する年に、父はヤキマの製材所の仕事を辞め、チェスターという北カリフォルニアの小さな製材の町で新しい職に就いた。そのとき聞かされた転職の理由は、時給が高くなることと、数年のうちには新しい製材工場の鋸の目立ての主任になれる見込みがあるということだった。しかしいちばんの理由は、父がひとつのところに腰を下ろしているのに我慢できず、新天地で運を試してみたくなったからだと思う。ヤキマでの父の人生は先がもう見えていた。その前の年に父の両親は、六ヵ月のあいだしかおかずに二人とも世を去っていた。

しかし卒業式の二、三日あと、私と母がチェスターに行く準備をすっかりととのえたところに、父から鉛筆書きの手紙が届いた。自分はここのところしばらく具合がよくない、と書いてあった。お前たちに心配させるのは私の遺憾とするところだが、実は鋸で体を切ってしまったのだ。血管の中に小さな金属片が入っているかもしれない。いずれにせよ、ちょっとした事件があって、自分はしばらくのあいだ休職せざるを得なくなった、と。同じ封筒の中に母宛のポスト・カードが入っていた。誰が書いたのかはわからないがそこには、あなたの御主人は死にかけています、なにしろ「生《き》のウィスキー」を飲み続けているんですから、とあった。

我々がチェスターに着いたとき、父は会社のトレイラー・ハウスの中に暮らしていた。最初それが父だとはわからなかった。おそらく一瞬、それが父だということを自分で認めたくなかったのだろうと思う。彼は青白くやせこけて、何かしら戸惑っているようだった。ズボンはゆるゆるで下にずりおちていた。その男はまるで私の父には見えなかった。母は泣きだした。父は母を抱いてその肩を力なく叩いたが、自分でもいったい何がどうなっているのかわからないといった様子だった。我々三人はトレイラーの中で暮らし、母と私は一生懸命、父の看病をした。しかし彼の具合は悪く、さっぱり回復しなかった。その夏と秋の初め、父と同じ製材所で私は働いた。朝起きると二人でラジオを聴きながら卵とトーストを食べ、弁当箱を持って家を出た。朝の八時に製材所の門をくぐると、仕事が終わるまで父と顔を合わせることはなかった。十一月になると、私はガールフレンドの近くにいたくてヤキマに戻った。私は彼女と結婚するつもりでいた。

父はその後もチェスターの製材所で働きつづけたが、翌年の二月に仕事場で倒れて病院にかつぎこまれた。母が連絡してきて、こちらに来て手伝ってくれないかと言った。私は二人を車でヤキマに連れ戻すつもりで、バスでチェスターに向かった。しかし父は今では肉体的に病んでいるばかりではなく——その当時は我々の誰一人としてそんな病名があることを知らなかったのだが——神経衰弱のまっただ中にあった。ヤキマに向かう道中、彼はひとことも口をきかず、「あなた、具合どう？」「大丈夫かい、父さん？」といった直接的な質問にさえ答えようとはしなかった。もし何か伝えるにしても、〈わからない、知らない、どうでもいい〉という風に首を振ったり、あるいは手のひらを上に向けたりするだけだった。道中でただ一度口をきいたのは（それはその後一ヵ月のあいだに彼が口にした唯一の言葉になったのだが）、私がオレゴンの砂利道を車でとばして、車のマフラーがゆるんでしまったときだった。「お前、スピード出しすぎたんだ」と父は言った。

ヤキマの医者は父が精神科医に行くようにとりはからってくれた。父と母は生活保護を受けることになり、郡が精神科の治療費を払ってくれた。精神科医は父に「大統領の名前は？」と質問した。簡単に答えられる質問をしたわけだ。「アイク（訳者註　アイゼンハワー大統領の愛称。在職一九五三—六一年）」と父は答えた。にもかかわらず、父はヴァレー記念病院の五階に収容されて、電気ショック療法を受けなくてはならなかった。私はそのころもう結婚していて、間もなく父親になろうとしていた。妻が最初の子供を出産するために、同じ病院の一階下の部屋に入ったとき、父はまだそこに収容されていた。出産が終わり、私は上の階に行ってそのニュースを伝えた。鉄の扉の奥に通されて、父のいる場所を教えられた。父は毛布を膝にかけてカウチに座っていた。俺の親父はいったいどうなっちまったんだ、と私は思った。私はその隣に腰を下ろして、孫が生まれたことを知らせた。父は少し間を置いてから、「そうか、俺もおじいさんだな」と言った。それだけだった。微笑みもせず身動きひとつしなかった。彼は他の多くの人々と一緒に大部屋に入っていた。私が抱きしめると、父は泣きはじめた。

なんとか退院することはできたものの、もう働くことはできなかった。家に閉じ籠ってこれからどうなるのか、いったいどういうわけでこんな羽目におちいってしまったんだろうと考え込んだ。母は様々な汚れ仕事をした。ずっとあとになって、母は父の入院していた時代とそれにつづく何年かを「レイモンドの具合が悪かったころ」と呼んだ。それ以来「具合の悪い」という言葉は私にとっては特別な意味を持つようになった。

一九六四年に父は友人の配慮で、カリフォルニア州クラマスというところにある製材所に職をみつけた。まずそこに単身赴任して、ちゃんとやっていけるかどうか様子を見てみることになった。父は製材所の近くにある一部屋しかない小屋（それは彼が母を連れて西海岸にやってきたときに住んだものと、さして変わりなかった）に住んだ。父は母になぐり書きの手紙を何通かよこし、私が電話をかけると母はそれを電話口で読みあげたものだった。自分はなんとかうまくやっている、と彼は書いていた。毎日仕事に出かけるときに、自分にとっては今日という日がいちばん大事な日なんだと感じる。しかし一日送るたびに、次の一日が少しずつ楽になっていくようだ。私によろしく伝えてくれ、と父は母に言伝ていた。眠れない夜には私のことや、私と一緒に過ごした楽しい日々のことを考えるのだ、と。そして二ヵ月ばかりたってから、やっと自信をとり戻すことができたと父は書いてきた。仕事はしっかりできるし、もうお前たちをがっかりさせるようなこともないだろう。もう少し様子を見てから、母をこちらに呼び寄せる、と。

父は六年間失職しているあいだに、おおかたのものを失っていた。家や車や家具や電気器具や、そんなものだ。母の誇りでありに喜びであった大型冷蔵庫もなくなってしまった。彼の評判も落ち――レイモンド・カーヴァーという名は支払い能力のない一人の男を意味することになった――彼の自らに対する誇りもどこかに消えてしまった。精力さえ失せてしまった。母は私の妻に「あの人の具合が悪かったあいだ、私たちは一つベッドに寝ていたけど、肉体の関係はまったくなかったの」と打ちあけた。「彼は何度か試みはしたのだけれど、うまくいかなかった。私の方はどちらでもよかったんだけど、あの人には辛かったようね」

その時期、私の方は自分の家庭を確立し、収入を得ることで精一杯だった。いろんな事情で何度も引越しをしなくてはならず、そのあと父の身に何が起こったのか、よくは知らない。それでもあるクリスマスに私は父に会って「小説家になろうと思うんだ」と言うことができた。「整形外科医になろうと思う」と言ったって同じことだったろう。「何について書くつもりなんだい？」と彼は訊ねた。それから助け舟を出すかのように、「お前のよく知っていることを書くといいよ。一緒に行った魚釣り旅行のこととかな」と言った。そうすると私は言ったが、そうするつもりなんてなかった。「書いたものを送ってくれよ」と父は言った。いいよ、と私は答えたが、実際に送ったことはない。魚釣りの話なんて書かなかったし、そのとき私の書いていたものを父がとくに気に入るとは思わなかった。何が書いてあるか理解することもできないんじゃないかと私は思ったのだ。父はもともと読書家というわけでもなかった。いずれにせよ彼は、私が自分の読者として想定するようなタイプではなかった。

それから父は死んだ。私は彼にいろんなことを言えないまま、遠くはなれたアイオワ・シティーにいた。別れの言葉も言いたかったし、父が新しい職場でよくがんばっていたことを賞めてやりたかった。そして社会に復帰できたことを誇りにしていると伝えたかった。

父はその夜帰ってくると夕食をたっぷりと食べたと母は言った。それから一人でテーブルの前に座って、ウィスキーの瓶ののこりを飲んでしまった。母は一日か二日あとに、その空瓶がごみ缶のいちばん底のコーヒー粉の下に隠されているのをみつけた。それから父はテーブルを立ってベッドに入った。母は少しあとで、同じベッドに入った。しかしその夜、母はベッドを出てカウチに寝支度を整えなくてはならなかった。「お父さんのいびきがひどくてとても眠れなかったのさ」と彼女は言った。翌朝母が様子を見にいくと、父は仰向けになってぽかんと口を開けていた。両側の頬はげっそりとへこんでいた。顔が灰色だった、と母は言った。父が死んでいることは一目でわかった。医者を呼んでみてもらうまでもない。しかし、とにかく母は医者に電話をかけ、それから私の妻に連絡した。

新婚当初ワシントンにいたころの写真を、母は何枚かもっていたが、その中に、父がビールとひもにとおした魚を持って車の前に立っているものがある。写真にうつった彼は帽子を髪のはえ際までずらし、居心地の悪そうな笑みを顔に浮かべている。その写真をくれないかと頼むと、母は他の何枚かの写真と一緒に私にゆずってくれた。私はその写真を壁にかけ、引越すたびにそれをまた新しい壁にかけるべく持ちはこんだ。そして折りにふれてはそれを眺め、父親についての何かを理解し、ひいては私自身をも理解しようとつとめた。しかしそううまくいかなかった。父はどんどん私から遠ざかり、過去の時間の中に埋もれていった。そうこうするうちに引越しに紛れて、とうとうその写真を失くしてしまった。私はその写真を懸命に頭に思い浮かべ、同時に父について何かを書いてみようとした。我々二人がいくつかの重要な共通性を有しているかもしれないと私は思ったし、それについて私は書いてみたかったのだ。私はその詩を、サン・フランシスコの南側近郊にあるアパートの一室で書いた。当時、私は父と同じように、アルコール中毒に苦しんでいた。その詩は私と父との結びつきを求めようとした試みだった。

二十二歳の父の写真

十月。この湿っぽい見なれぬキッチンで
僕は父の居心地の悪そうな若者のころの顔を眺めている。
おどおどした笑みを浮かべ、片手にひもに吊したとげだらけの
スズキを持ち、もう一方の手には
カールズバーグ・ビールの瓶。

ジーンズにフランネル・シャツという格好で
１９３４年型フォードのフェンダーにもたれ
彼はその勇猛さと強健さを後世に伝えようと試みている。
古い帽子を耳がかくれるくらいあみだにかぶったりしている。
父はいつも男っぽくあろうとしていた。

しかしその目を見れば父の本当の姿がわかる。そしてその両手。
それは死んだスズキの口にかけたひもをたよりなくさしだし
ビールの瓶を握っている。父さん、僕はあなたのこと好きだよ。
でも感謝するわけにはいかないな。僕もやはり酒にふりまわされているようだ。
どこに魚を釣りに行けばいいのかもわからないんだもの。

最初に出てくる「十月」というのをのぞけば、その詩は細部まで現実に即している。父が死んだのは本当は六月だ。響きに含みをもたせるために一音節の June よりは October の方を選んだ。しかしそれにも増して、私はその詩を書いたときの気分にふさわしい月を選びたかった。日が短くなって日の光が弱まり、空気がぼんやりとして、事物が枯れ落ちていく月をだ。それに比べて六月には夏の輝きが溢れているし、卒業式の季節であり、私の結婚記念日のある月でもあり、子供の一人の誕生日もある。六月は父を亡くすのにふさわしい月ではない。

葬儀場での式が終わったあとで外に出ると、知らない女性がやってきて、「お父さんは亡くなって幸せになったのよ」と言った。彼女が立ち去ってしまうまで、私はじっとその女性の顔を見つめていた。彼女の帽子のてっぺんについていた飾りを今でもよく覚えている。それから父の従兄の一人がやってきて——私はその従兄の名前を知らなかった——私の手をとり、「俺たちはみんなとても哀しいよ」と言った。それがただの月並みな悔みの言葉でないことはよくわかった。

父の死を知らされてからはじめて私は泣いた。その前には泣くことができなかった。ひとつには、泣くだけの時間的な余裕さえなかったのだ。しかしそのとき突然、涙が止まらなくなってしまった。その夏の午後の盛りに、私は妻の体を抱いて泣きつづけた。妻は精一杯私を慰めてくれた。

人々が母を慰める言葉に、私はじっと耳を傾けていた。父の一族が顔を見せてくれたことは嬉しかった。彼らはわざわざ父の住んでいた町まで足を運んでくれたのだ。

そのとき交わされた言葉や起こった出来事のすべてを頭に刻みこんでおけば、いつかそれについて何かを書けるかもしれないと私は思った。しかし今のところ何も書いてはいないし、そこにあった全てを、あるいはそのあらかたを忘れてしまった。私が覚えているのは、私たち父子の共有する名前が、その日ずっと人々の口にのぼっていたということだけだ。しかしもちろん彼らが囁いていたのは、父の方の名前だ。レイモンド、と人々は私が子供のころ耳にした美しい声で、その名を囁いていた。レイ、モ、ン、ド。

書くことについて

On Writing

一九六〇年代の中ごろのことだが、私は長篇小説に自分の神経を集中するのが難しくなっていることを発見した。一時期、長篇小説を書くことのみならず、読むことにも苦労をおぼえた。集中力を長く持続することがまったくできなくなってしまったのだ。そして忍耐をしてまで長篇小説に取り組もうという気はもう起きなかった。複雑で退屈な話になるので、そのへんの詳しい事情は述べないが、でもまあおおむねそのおかげで、私は今では詩と短篇小説だけを書くようになったわけだ。さっさと片づける、ぐずぐずしない、次に進む、という具合だ。そしてそれとほぼ時期を同じくして、それは二十代の後半のことだったが、私は大いなる野心を捨てたことになるかもしれない。もしそうだとしたら、それは私にとって良いことであったと思う。野心といささかの幸運は作家の良き財産である。しかし大きすぎる野心と不運は（あるいは運にまったく恵まれないことは）命取りになりかねない。そこには才能というものがなくてはならないのだ。

何人かの作家はたっぷりと才能を持っている。才能のない作家というのを私は見たことがない。しかしながら、ユニークかつ正確に物事を見ること、その視点を文章として表現するための正しいコンテクストを発見すること、これはまた別の話だ。『ガープの世界』は言うまでもなく、見事なジョン・アーヴィングの世界である。その他にもフラナリー・オコナーの世界があり、ウィリアム・フォークナーの世界があり、アーネスト・ヘミングウェイの世界がある。チーヴァーやアップダイクやシンガーやスタンリー・エルキンやアン・ビーティやシンシア・オジックやドナルド・バーセルミやメアリ・ロビンソンやウィリアム・キトリッジやバリー・ハナやアーシュラ・K・ルグィンの世界がある。すべての偉大な作家や、すべてのきわめて優れた作家は、彼ら独自の流儀に従って世界を作り変えていくものなのだ。

スタイルという言葉が、私の言っていることに近いかもしれない。でもただスタイルという一言で括ってしまえるものではない。それはその作家自身の手による、紛れもない署名なのだ。その署名は彼の書くすべての文章に含まれている。そこは彼の世界であり、他の誰の世界でもない。それは、一人の作家を他の作家から区別する物事のひとつである。才能というのとは違う。才能なんてものなら、そこらじゅうにいくらでもある。しかし物事に対する特別な視点を持ち、その視点に芸術的な表現を付与することのできる作家であれば、とりあえずは一人前の書き手ということになるだろう。

アイザック・ディネーセンはこう言った。私は、希望もなく絶望もなく、毎日ちょっとずつ書きます、と。いつか私はその言葉を小さなカードに書いて、机の横の壁に貼っておこうと思う。壁には今何枚かのカードが貼ってある。「基本的な正確さを持って記述すること、それこそが文章を書くことにおける唯一のモラリティーである」これはエズラ・パウンドだ。それが全てだということにはそれこそ問題があるだろうが、作家が「基本的な正確さを持って記述」している限り、少なくとも彼は正しい道を歩んでいるということにはなるはずだ。

私はチェーホフの短篇の中のある一節をカードに書いて壁に貼っている。「……やがて突然、すべての物事が彼の中で明確になった」なんと不可思議で、なんと可能性に満ちた言葉だろう。私はその単純な明快さと、そこにほのめかされた啓示の影を愛する。そこには謎もある。それより前には何が不明確であったのか？　どうしてそれが急に明確になったのか？　いったい何が起こったのか？　そしていちばん大事なこと――それでどうなるのか？　そのように急激に全てが明らかになったことで、何かがもたらされる。きっとそこには救済があるはずだ――そして期待が。

作家のジェフリー・ウルフが、創作科の学生たちに向かってこう言うのを耳にしたことがある、「安っぽいトリックはなし」と。これもカードに書いておいていい言葉だ。私なら「トリックはなし」と縮める。それだけでいい。私はトリックというのが嫌いだ。小説を読んでいてトリックなり仕掛けなりがちょっとでも見えると、それが安っぽいものであれ、精巧なものであれ、しり込みしてしまうことになる。トリックというのは結局のところ退屈なものであるし、私はすぐに退屈してしまう性質《たち》なのだ。それは私の集中力があまり長く続かないことと何か関係があるのかもしれない。でも才長けたわざとらしい文章や、あるいはただ単に馬鹿げた文章を読んでいると、私はすぐに眠くなってしまう。作家にはトリックも仕掛けも必要ない。それどころか、作家になるには、とびっきり頭の切れる人間である必要もないのだ。たとえ阿呆のように見えるとしても、作家というものはときにはぼうっと立ちすくんで何かに——それは夕日かもしれないし、あるいは古靴かもしれない——見とれることができるようでなくてはならない。頭を空っぽにして、純粋な驚きに打たれて。

何ヵ月か前に、「ニューヨーク・タイムズ・ブックレヴュー」に、ジョン・バースがこんなことを書いていた。十年前には彼の教えている小説創作セミナーの大抵の学生は「フォームの革新」に興味を持っていた。でも今ではそれはすっかり下火になってしまったようだ。一九八〇年代には作家たちはみんなで「その辺のちょっとした出来事小説」を書き始めるのではないかと、彼は少し不安に思っている。実験小説はリベラリズムと同じように流行遅れになるのではないかと心配している。文学における「フォームの革新」についてのうっとうしい議論を小耳にはさんだだけで私は、いささか居心地が悪くなる。非常にしばしば、「実験小説」は文章の杜撰さや愚かさや模倣性の免罪符になった。もっと悪いことには、それは読者を踏みつけにし、疎外する免罪符になった。きわめて往々にして、その手の文章は我々に世界のありさまについてのニュースをもたらしてくれない。あるいはさもなければ、それが描写しているのは砂漠の光景、ただそれだけである。いくつかの砂丘があり、あちこちにトカゲがいる。しかし人間がいない。人間と認められるようなものはそこに生息していない。それは少数の専門的な科学者にしか興味の持てない世界なのだ。

　創作における真の実験とはオリジナルなものであり、生半可に手に入るものではないし、またそれは喜びに結びついたものなのだと心するべきである。どこかの作家の――たとえばバーセルミの――ものの見方を他の作家が真似をするというのは正しいことではない。そんなことをしてもうまくいくはずもない。この世にバーセルミは一人しかいないし、他の作家がバーセルミの特殊な感覚なり舞台装置なりを、革新の名のもとに拝借しようとすることは、その作家を混乱と悲惨さの中に、あるいはもっと悪いときには自己欺瞞の中に引きずり込むことになる。真の実験作家とは、エズラ・パウンドが力説しているように、「新しいことを始める」人のことであり、そのプロセスにおいて、自らの手でいろんな物事を発見していく人たちのことである。そしてもし正気さえ保っていれば、彼らは私たちと接触を持っていたいと思うはずだし、彼らの世界のニュースを私たちに伝えたいと思うはずである。

詩や短篇小説においては、日常的な物事や対象について日常的な、しかし正確な言語を使って書くことは可能である。そしてそれらの物事に——椅子や窓のカーテンやフォークや石や女性のイアリングに——強烈な、ある場合にははっと目を見開かされるようなパワーを付与することも可能である。一見してとくに見栄えのしない台詞をある場所にぽつんと置くことによって、読者の背筋を凍りつかせることだってできる——ウラジミール・ナボコフなら、それこそが芸術的喜びの源泉であると言いそうだ。私はそういう小説がいちばん好きだ。たとえそれが実験小説という旗のもとを飛翔していようが、あるいはただのへっぽこリアリズムであろうが、私は杜撰ででたらめな文章が大嫌いである。イサーク・バーベリの書いた『ギ・ド・モーパッサン』という素晴らしい短篇の中で、小説を書くことについて語り手がこんな風に言う。「正確な場所に置かれたピリオドは、どんな鋭利な鉄よりも人の心を激しく切り裂く」と。これもカードに書いて壁に貼っておかなくてはならない。

エヴァン・コネルがこんなことを言った。ひとつの短篇小説を書いて、それをじっくりと読みなおし、コンマをいくつか取り去り、それからもう一度読みなおして、前と同じ場所にまたコンマを置くとき、その短篇小説が完成したことを自分は知るのだと。こういう姿勢で何かに臨むのはいいことだ。たとえ何をするにせよ、これくらい綿密でありたいものだと思う。結局のところ、我々が手にしているのは言葉だけなのだ。それらの言葉は正しい言葉であったほうがいいに決まっているし、そしてまた正しい場所に句読点がついていたほうがいいに決まっている。それによって初めて、それらの言葉は、言わんとすることを十全に伝えることができるのだから。もしその言葉が、作者の十分に統御されていない感情でずっしりと重くなっていたり、あるいはそれ以外のなんらかの理由によって不正確で不明確なものであったなら——もしその言葉がいささかなりともぼやけたものであったなら——読者の目はその上っ面を滑っていくだけだし、何の印象も残さない。読者の側の芸術的感興が喚起されないのである。ヘンリー・ジェームズはこのような哀れな文章のことを「お粗末な箇条書き」と呼んでいる。

私の友人の何人かは、そんなにゆっくりと時間をかけて書いているわけにはいかないんだと私に言ったことがある。彼らは金を必要としているし、編集者なり奥さんなりが彼らをせっついているか、あるいは逃げ出そうとしている――それがあまり良い作品を書けないことの弁明、言い訳である。時間があればもっといいものが書けたはずなんだけれどね。ある物書きの友人がそういうことを言うのを耳にして、私は本当に度肝を抜かれてしまった。今だってそのときのことを思い出すと、愕然としてしまう。まあどうせ他人のことだから、しょっちゅう思い出したりはしないけれど。しかしもしその語られた物語が、力の及ぶ限りにおいて最良のものでないとしたら、どうして小説なんて書くのだろう？　結局のところ、ベストを尽くしたという満足感、精一杯働いたというあかし、我々が墓の中にまで持っていけるのはそれだけである。私はその友人に向かってこう言いたかった、悪いことは言わないから別の仕事をみつけた方がいいよと。同じ生活のための金を稼ぐにしても、世の中にはもっと簡単で、おそらくはもっと正直な仕事があるはずなのだ。さもなければ君の能力と才能を絞りきってものを書け。そして弁明をしたり、自己正当化したりするのはよせ。不満を言うな、言い訳をするな。

『短篇小説を書く』という実にシンプルな題のついたエッセイの中で、フラナリー・

オコナーは書くというのは発見をする行為なのだと述べている。彼女はこう言う。自分が机に向かって短篇小説を書き始めるとき、ほとんどの場合、その話がどう進んでいくかという見通しなんて持ってはいない。そして、世の中の大方の作家は自分と同じようにやはり、書き始めるときには筋の見通しなんて持っていないのではあるまいかと。彼女は『良き田舎の人々』という作品を例にあげて、結末がどうなるかわからないままにひとつの短篇小説をまとめあげる方法を説明している。結末が目前に迫ってくるまで、その話の結末がいったいどうなるのか予測すらできなかったのだ。

その短篇を私が書き始めたとき、義足をつけた博士号取得者がそこに出てくるなんて、自分でも知りませんでした。ある朝に、いささかの心覚えのある二人の女性の描写をしているうちに、自分でもよく気がつかないまま、私は彼女たちの一人に義足をつけた娘を配していたのです。私は聖書のセールスマンも出してきました。でもその男をどう使えばいいのか、私には何もわかっていませんでした。彼がその義足を盗むことになるなんて、その十行か十二行前になるまで私にもわからなかったのです。でもそれがわかったとき、私はこう思いました。これこそ起こるべくして起こったことだったんだと。それが避けがたいことであったことを私は認めたのです。

数年前にこれを読んだとき、彼女が、あるいは他の誰でもいいのだが、こういう方法で短篇小説を書いていることを知って、ショックを受けた。私はそれを人前には晒せないような類いの自分だけの秘密として抱え込んでいて、そのことについていささか後ろめたく思っていたからだ。そう、私はこのような短篇小説の書き方をするのは、自分に才能がないからだと思い込んでいたのだ。彼女がそれについて腹蔵のないところを書いてくれたおかげで、ものすごくほっとしたものである。

かつて私は机の前に座ってひとつの短篇（それはかなり出来の良い作品になった）を書きあげたことがあるが、それを書き始めたとき、頭の中にあったのは出だしの一行だけだった。その「電話のベルが鳴ったとき、彼は掃除機をかけていた」という一行を、数日のあいだ私は頭の中でひねりまわしていた。そこに物語が含まれていることを、そしてその物語が語られたがっていることを私は知っていた。骨の髄にまでしっかり感じていた。その出だしはひとつの物語に結びついていて、書く時間さえあれば、自分にその話を書き上げることができるのだということを。私はその時間をみつけた。丸一日――十二時間、そうしたいと思えば十五時間だって――が自分のものになった。私はそれを実行した。朝机の前に座って、出だしの一行を書いた。するとそれに続いて次の一行が自然に出てきた。まるで詩を書くように、その物語を作っていった。まず一行を書いて、その次の一行を書き、またその次という具合に。そして間もなく物語の姿が目に見えてきた。そして私は、それが私自身の物語であることを知った。それは私がずっと書きたいと思っていた物語だったのだ。

短篇小説の中に毒気や脅威のようなものが感じ取れるのは、好ましいことである。少量の脅威の存在というのは物語にとって有益であると私は思っている。まず第一に、それは血液の循環をよくする。そこには緊迫感がなくてはならない。何かが切迫しているという感覚、物事はこのままでは収まらないぞという感覚、それなしには、大方の場合、物語は生まれてこない。短い小説の中に緊迫感を生み出すもののひとつは、揺るぎのない言葉の結びつきである。それが物語の目に見える動きを作りだす。しかしそれと同時に、そこには書かれていないもの、ただ暗にほのめかされているもの、物事のつるっとした（しかしときにはでこぼこで座りの悪い）表面のすぐ下にある風景、そういったものも、それと同じ役割を果たす。

V・S・プリチェットは短篇小説をこのように定義している。それは「通り過ぎるときに、目の端っこでちらっと捉えられた何か」であると。「ちらっと捉えた」というところに注目してほしい。まず最初にその「ちらっ」がある。それからその「ちらっ」に生命が与えられ、その一瞬の情景を明るく照らし出す何ものかに変えられる。そして運が良ければ（という表現がここでもう一度出てくるわけだが）それは、もっと遠くの方までに光をあてることのできる繋がりやら意味やらを手に入れるかもしれない。短篇小説作家の仕事は、その「ちらっと捉えたもの」に自分の有する力の一切を注ぎ込むことなのだ。彼はその知力と文学的技術（つまりは才能）とを駆使し、平衡感覚と、「これぞぴったり」と見極める判断力とをまた駆使しなくてはならない。そこにある事物が実際にはどうであって、彼の目にはそれがどういう風に映るか――他の人間がそれを見るのとはどのように違って映るか、ということだ。そしてそれは、ぴったりとした明確な文章を用いることによって達成される。ぴったりとした明確な文章は細部に生命を与え、その細部が読者に向けて物語を明るく照らしだす。細部ががっちりと締まって、意味を含むようにするためには、文章は正確でなくてはならないし、間違いのないように配されなくてはならない。それらの言葉はあまりにも正確であるがゆえに、ときには素っ気なく響くかもしれない。しかし案ずることはない。正しく使用されてさえいれば、それらの言葉はあらゆる音を奏でることができるのだ。

ファイアズ（炎）

Fires

影響というのは力である。環境やパーソナリティー、それらは潮の満ち干のようにあらがいがたいものである。私には自分が影響を受けたかもしれない作品や作家について語ることはできない。そういった影響、つまり文学的影響というものは、これこれこういう具合に影響を受けましたと明確に指摘できるものではないからだ。私にとって、これまでに読んだあらゆる本から私は影響を受けましたというのは、どんな作家からもぜんぜん影響なんて受けていないと思うというのと同じくらい不正確であるだろう。具体的に名前をあげるなら、私はアーネスト・ヘミングウェイの長篇と短篇の長年のファンである。そしてなおかつ、ローレンス・ダレルの作品の文体は、特異にして卓越したものだと思っている。もちろん私はダレルのようには書かない。そういう点では彼に「影響」されてはいない。ときどき私の文章はヘミングウェイの文章「みたいだ」と言われる。でも彼の文章が私の文章に影響を及ぼしたと言い切ることはできない。ヘミングウェイも、ダレルと同じように、私が二十代にその作品を初めて読んで非常に感心した数多くの作家たちの一人ということなのだ。
そんなわけで、私は文学的影響力というものについては多くを知らない。でもそれ以外の種類の影響力についてなら、いささかの意見を持っている。私に覚えのある影響力というのは、最初はしばしばミステリアスな、ときには奇跡に近い姿をとって私のところに押しかけてくる。しかしこのような影響力は、私の仕事が進捗することによって、初めて明らかになってくるのである。これらの影響力は容赦のないものであった（今でもそうなのだが）。これらの影響力こそが私をこの砂嘴《さし》のような地に押し流したのである。それは私を、具体的に形容するなら、湖のあっちの岸には押しやらなかった。しかしながら、もし私の人生と文章とが受けた主要な影響力がネガティヴなものであり、抑圧的で敵意に満ちたものであったとしたら（事実そうであったと思うのだが）、いったいどう考えればいいのだろう？

まず最初に断っておきたいのだが、私はこの文章をヤドーという場所で書いている。それはニューヨーク州サラトガ・スプリングズのちょっと外れにある。八月の初めの、日曜日の午後である。しょっちゅう、だいたい二十五分に一回くらいの割合で、三万人以上の声がわあっというひとつの巨大な叫びになってわき起こるのを私は耳にすることができる。この見事な雄叫びはサラトガ競馬場から聞こえてくるのだ。有名なレースが今開催されている。私は原稿を書いている。しかし二十五分おきに、アナウンサーがラウドスピーカーで馬のポジションを放送する声が聞こえてくる。人々の咆哮が大きくなる。その歓声は木立の上に炸裂する。その雄大にして、かつまことにスリリングな音は、馬たちがゴールに駆け込むまで、あたりに響き渡っている。それが終わると、まるで私自身がそれに参加していたみたいに、どっと疲れてしまう。入賞した馬や、またある場合には惜しいところで入賞を逸した馬の馬券を自分が握りしめているところを想像する。もしそれが写真判定を仰がなくてはならないものであれば、一分か二分か経って写真が現像され公式判定が出たときに、またあの歓声がどっとやって来るなと待ち受けることになる。

何日か前に私はここにやってきて、ラウドスピーカーから流れてくるアナウンサーの声と興奮した観客たちの咆哮を初めて耳にしたわけだが、それ以来ずっとエル・パソ（私は少し前のことだが、しばらくそこに住んでいた）を舞台にした短篇小説を書いている。それはエル・パソの郊外にある競馬場に出かけた人々の話だ。その物語はずっと書かれるのを待っていた、というようなことを言うつもりはない。そんなことはなかったし、もしそんな風に言ってしまったら話はちょっと違った色彩を帯びてくることになるだろう。でもこの短篇を例にとって言うなら、私はこの作品に日の目を見せるために、何かを必要としていた。ヤドーにやって来て、観客の歓声やラウドスピーカーから聞こえるアナウンサーの声を最初に耳にしたとき、あのもう過ぎ去ってしまったエル・パソでの生活のひとこまが私の脳裏に蘇ってきて、物語のヒントを与えてくれた。私はかつて訪れた、ここから二千マイルも離れたところにあるその競馬場のことや、そこで起こったいくつかの出来事や、起こったかもしれないことや、（少なくとも私の小説の中で）これから起こるであろうことを、思いだしたのだ。

　というわけで、私の小説は進行中である。「影響力」というのはこのような姿をとることもあるのだ。言うまでもないことだが、すべての作家はこのような種類の影響力の支配下にある。これはもっともありふれた種類の影響力である。これがそれを示唆し、それはまた別の何かを示唆する。これは我々にとっては雨降りのようにありふれたことであり、そしてまた自然なことである。

　しかし話の本題に入る前にもうひとつ、私はこの最初の例によく似た影響力の実例について語りたい。それほど前のことではないが、私がシラキュースの家で、小説を書いている真っ最中に電話のベルが鳴った。私は電話を取った。受話器の向こうから聞こえる声は間違いなく黒人のものだった。ネルソンを出してくれと相手は言った。

それは間違い電話だったし、間違いですよと言って私は電話を切った。そして私は自分の小説に戻っていった。でも間もなく、自分が知らず知らずのうちにその小説の中に一人の黒人を登場させていることに気づいた。ネルソンという名の、不吉な影のある人物だった。そしてそれを契機にその小説は違った展開をみせることになった。でも今にして思えば（いやそのときにだってちゃんとわかっていたのだが）有り難いことに、それは小説にとっては正しい展開であった。私がその短篇を書き始めたときには、ネルソンという登場人物をあらかじめ準備したり、その必要性を予知したりすることは不可能だった。でも今ではその小説は書き上げられ、間もなく全国誌に掲載されることになっている。そして私にはわかっている。ネルソンの存在が、そしてその不吉さの影の存在が正しく、場にふさわしいものであり、審美的に適切なものであることが。もうひとつ私にとってよかったのは、この人物がいわば出会いがしらに正しくぴたりと私の小説の中に入り込んできたことであり、また私がそれをうまく受け入れられたことである。

私の記憶力は貧弱なものである。言い換えれば私は、自分の人生に起こった多くの出来事を忘れてしまっているということだ。それはある意味では喜ぶべきことではあるのだが、私には全然説明できなかったり、あるいは思い出すことのできないいくつかの長い期間がある。私の住んでいた町や都市のこと、知っていた人の名前、人々そのもの。それは大きな空白になっている。しかし私はいくつかの物事を記憶している。いくつかのささやかな物事——誰がどんな口調で何を言ったか、そしてまた、誰かの激しい、あるいは声をひそめた、神経質な笑い声。ある情景。誰かの顔に浮かんだ悲しみや当惑の表情。そして私はいくつかのドラマティックな出来事を思い出すことができる。誰かがナイフを手に持って、怒りに燃えた目でこちらに向き直ったこと。あるいは誰かをおどしつける私自身の声。誰かがドアを叩き破るのを見たこと。あるいは階段から転げ落ちるのを見たこと。そういうドラマティックないくつかの記憶を、私は必要に応じて思い出すことができる。でもそのときの会話の全部をそっくりそのまま、一言一句違わずにジェスチャーやニュアンスをも添えて、ここに呼び起こせるような種類の記憶力は持ちあわせていない。あるいはまた、これまでに自分が暮らしたどんな部屋でもいいけれど、そこにどのような家具があったかなんてことは、ろくに覚えてはいない。家全体の家具ともなれば、完全にお手上げである。あるいは競馬場に具体的にどんなものがあったということすら、まるで思い出せない。思い出せるのは、そう、観客席とか、馬券窓口とか、場内中継テレビのスクリーンとか、人込みとか、その程度のものだ。そしてざわめき。私は小説の中の会話を自分で作り上げる。人々のまわりにある家具とか、物体とかを、必要があれば小説の中に差し入れる。あるいはそのせいで、往々にして私の小説は飾りがなくて、寒々しいと言われ、また「ミニマリスト」的とも言われてきたのかもしれない。でもそれはただ単に、必要性と便宜性とが実際的な折り合いをつけたというに過ぎないのではないか。そしてその折り合いこそが、私が今書いているような種類の小説を、今書いているような方法で書くようにさせたのかもしれない。

　言うまでもないことだが、私の書いた小説はどれも本当に起こったことではない。私は自伝を書いているわけではない。でもそれらの大抵のものには、それはほんのちょっとしたことかもしれないけれど、何かの実際の出来事やら状況やらへの類似性が認められる。しかし私がその物語の状況に関連して、その周辺にあった物体なり家具なりのことを思い出そうとするとき（そこにはどんな花があったか、だいたい花なんかあったのか、それは匂いを放っていたのか、エトセトラ）、私はしばしば途方に暮れてしまう。そんなわけで、私は話を進めるためにはその手のことを適当にでっちあげなくてはならない。その物語に出てくる人々は、かくのごとき言葉が口にされたあと、どんなことを言いあうか、どんなことをするか。そしてそのあと彼らの身にどんなことが起こるのか。私は彼らがお互いに向かって言ったことを作り上げる。しかしその会話の中には、実際に口にされた言葉や、センテンスのひとつやふたつは（それは私が何かの折りに耳にしたことのあるものだ）混じっているかもしれない。そのセンテンスこそが、私の小説の出発点になったということだってあるかもしれない。

ヘンリー・ミラーは四十代のときに『北回帰線』（それはたまたま私の愛読書でもある）を執筆したのだが、彼はそのとき誰か他人の部屋で、必死になってそれを書こうとしていた。彼の語るところによれば、そこではいつなんどき仕事を中断させられるか予測もつかなかった。というのは、彼が座っていた椅子は、次の瞬間にはお尻の下から持っていかれるかもしれなかったからだ。つい最近まで、私の人生でもそのような状況がずっと続いていた。記憶している限りにおいては、十代のころから常に、自分の座っている椅子が誰かに持っていかれやしないかと、私はいつもひやひやしながら暮らしていた。何年ものあいだ、私と妻とは、屋根のついた場所で暮らし、テーブルの上にミルクとパンを並べるために、すれちがい同然の忙しい生活を送らなくてはならなかった。金がなかったし、目に見えるような、つまりどこかに売り込めるような特別な職業的技能も我々は持たなかった。だからアルバイト同然の仕事をやりながら、やっとこさ生きていくしか道がなかった。そして我々には、二人ともそれを喉から手が出るほど求めていたのだが、教育もなかった。教育は自分たちにチャンスを与えてくれるだろうと、私たちは信じていた。それが自分たちにまともな職に就く機会を与えてくれるだろう。我々が自分たちや子供たちのために求めているまっとうな種類の生活が、それによって可能になるかもしれない。私と妻とは大きな夢を持っていた。自分たちは苦境にも耐えられる、懸命に働ける、やろうと心に決めたことならどんなことだってやれる、そう思っていた。でも我々は考え違いをしていた。

私の人生と私の書くものを、直接的にであれ間接的にであれ、いちばん大きく左右した影響力といえば、それはやはり私の二人の子供であったと言わなくてはならない。彼らが生まれたのは、私が二十歳になる前のことだった。そして一緒の屋根の下に暮らした期間を通じて、その始めから終わりまで（それは全部で十九年間に及んだ）、ずしりと重く、そして往々にして悪意に満ちた彼らの影響力が及ばない場所というのは、私の生活の中には一寸たりとも存在しなかった。

あるエッセイの中でフラナリー・オコナーはこう書いている。二十歳を過ぎてしまったら、あとはその身に何が起ころうと、作家にとってたいして意味はない、小説を作りだす材料の多くは、それ以前に既に起こってしまっているのだ、十分すぎる以上に。そこにはその作家が一生かけても書ききれないくらいの十分な材料がつまっていると。これは私の場合にはあてはまらない。今私を執筆に駆り立てる「材料」の大半は、二十歳を過ぎてから私の身に起こったことである。私は子供が生まれる前の自分の人生について、本当にろくに覚えていないのだ。二十歳になる前、結婚し、父親になる以前に、自分の人生に何かたいしたことが起こったとはどうしても思えない。そのあとで、やっといろんなことが起こり始めたのだ。

*

一九六〇年代の中ごろのことだが、私はアイオワ・シティーの混んだコイン・ランドリーの中にいた。五回か六回ぶんの洗濯物をかかえていた。大半は子供の服だったが、なかにはもちろん我々自身の服も混じっていた。私と妻の服だ。私の妻はその土曜日の午後は大学のアスレティック・クラブでウェイトレスとして働いていた。私は家事をかたづけ、子供たちの面倒をみていた。彼らはそのときには他の子供たちと一緒だった。誕生パーティーか、何かそういうのに行っていたのだ。でもとにかくそのとき、私は洗濯をしていた。私はその少し前に、どこかの意地悪いばあさんと、必要とする洗濯機の数について言い合いのようなことをしていた。そして私はまたもう一度そのばあさんと、あるいは彼女の同類と、一戦交えなくてはならない雲行きだった。私は混み合ったコイン・ランドリーで稼働中のドライヤーを、神経質にじっと見張っていた。もしどれかのドライヤーが停止したら、湿った洗濯物を入れたショッピング・バスケットを持って、すぐさまそこに走っていくつもりだった。おわかりいただけるだろうか、私はその店で洗濯物の山を抱えて、もう三十分かそこら、うろうろと順番待ちをしていたのだ。私は既に二つのドライヤーを逃していた。誰か別の人間が先に取ってしまったのだ。胸がどきどきしていた。さっきも言ったように、私はその午後、子供たちがどこにいたのか覚えていない。彼らをどこかに迎えに行かなくてはならなかったのかもしれない。そして時間はだんだん切迫していた。そういう状況も私の精神状態に影響を与えていたのだろう。私にはよくわかっていた。もし今洗濯物をドライヤーに入れられたとしても、服が乾くまでにはあと一時間かそこらかかるのだ。そして私はそれを袋に詰め込んで家に帰らなくてはならない。既婚学生用住宅の中のアパートメントにだ。

やっと一台のドライヤーが停止した。それが停止したとき、私はその前に立っていた。中の衣服は回転するのをやめて、底に落ちてたまっていた。あと三十秒かそこら待って、もし誰もこなかったら、私がそれを取り出して、自分の洗濯物を入れてやろうと私は心を決めた。それがコイン・ランドリーの法律である。でもぎりぎりになってそのドライヤーのところに女がやってきて、ドアを開けた。私はそこに立って待っていた。女はドライヤーの中に手を突っ込んで、何枚かの衣類を手で摑んだ。しかしまだ乾ききっていない、と彼女は判断した。ドアを閉めて、あと二枚の十セント玉を機械に入れた。ショックにうちひしがれながら、私は自分のショッピング・カートとともに待っている人たちの列に戻った。でもそのとき、涙が出そうなほど切羽詰まったフラストレーションの中で、自分がこんな風に感じたことを記憶している。二人の子供を持っているという事実に比べたら、俺の身にこれまでに起こったどんなことだって――そうだよ、冗談じゃなく、本当にどんなことだって――屁みたいなもんだし、意味のないもんだし、どうでもいいようなことなんだ、と。この先もずっと、俺はあいつらと一緒に生活し、こんな風に絶えず重荷を負わされ、永遠に足を引っ張られつづけるのだ。そんな状況から逃れることはできないんだ、と。

私は今本物の影響ということについて話をしている。私は月と潮の満ち干について話している。でもそれは本当に、出し抜けに私のところにやって来たのだ。誰かが窓をさっと開けて一陣の風が入りこんでくるみたいに。そのときまで、私はこんな風に考えていた。正確に細かいところまでは思い出せないけれど、だいたいにおいて物事というのはなんとかなるものだし、自分が望んでいることや、あるいは自分がこうしたいと求めていることは、実現化されるものなのだと。でもそのとき、コイン・ランドリーの中で、そんなのはまったくの嘘っぱちだと私は悟ったのだ。私は悟ったのだ――俺は今までいったい何を考えていたんだろう？――私の人生とはだいたいにおいてお粗末でケチな代物であり、どんよりして、ほとんど光も通さないようなものなのだと。その瞬間に私は感じたのだ――私は知ったのだ――私が今身を置いている人生は、私が憧れている作家たちの人生とはかけ離れた類いのものなのだと。作家は土曜日をコイン・ランドリーで潰したりはしない。そして目覚めている時間のすべてを、子供たちのあれやこれやの雑用のために割かなくてはならないというようなこともない。

よろしい、よろしい、もっとずっと深刻な仕事への障害を抱えてやってきた作家が数多くいることは認める。投獄されたり、盲目だったり、いろんな形で拷問やら死の脅迫を受けてきたり。でもそんなことを知ったところで、何の慰めになるものでもない。その瞬間に――これは嘘偽りなく何から何までそのコイン・ランドリーの中で起こったことなのだ――私の目に見えるのはこの先何年にもわたって続くであろうこのような種類の責任と難渋のみであった。物事は少しくらいは変化するだろう。でも事態がまったく好転するなんていうことはあり得ないのだ。私はそれを理解した。しかしそんな人生を生きていくことが自分にはできるだろうか？　なんとかしなくちゃいけない、私はそのときそう思った。目標も引き下げられなくてはならないだろう。後になって判明したことだが、私はそのとき真理をまさに洞察していたのだ。しかしそれでどうだというのだ？　洞察とはいったい何だ？　それが何の役に立つというのだ。そんなものがあったところで、物事が余計にきつくなるだけの話じゃないか。

　長年のあいだ、妻と私は、一生懸命働いて正しいことをしようと努めていれば、正しいことは我々の身におのずから起こるものだという信念にしがみついていた。それは人生を託すに足る信念である。ハード・ワーク、ゴール、善意、誠実さ、我々はそれを立派な美徳だと信じ、いつかそれは報われるだろうと信じていた。その日が来るときのことを夢見ていた。でも結局のところ、ハード・ワークと夢だけでは足りないのだということに我々は気づいた。どこかで、たぶんアイオワ・シティーあたりで、あるいはもう少しあとのサクラメントあたりで、我々の夢はこわれ始めたのだ。

　私と妻とが神聖なものとして胸に抱き、あるいは敬意を払うに足ると考えていたすべてのものが、すべての精神的な価値が、文字どおり倒壊する日が到来し、そして去っていった。我々のあいだには見るも無残なことが起こった。これまでまわりのどんな家庭においても一度も目にしたことのないようなすさまじい出来事だった。今何が起こっているのか、我々にはよく理解できなかった。それは浸食であった。我々にはそれを止めることができなかった。どうしたことか、ちょっと目を離したすきに、子供たちが御者台に乗り込んでいたのだ。今になってみれば途方もない話だが、子供たちが手綱を持ち、鞭を持っていた。そんなことが実際に我が身に起こるなんて、我々には本当にこれっぽっちも予想することができなかったのだ。

子育てに掛かりきりになったその苛烈な何年かのあいだ、それが何であれ、まとまった長さを持つものに携わるための、時間や気持ちを確保することが、私にはほとんどできなかった。私の人生の環境が、D・H・ローレンスに言わせるなら、そこにある「苦役と骨折り」が、それを許さなかったのだ。子供たちを抱えた私の人生の環境はもっとべつのものを指示していた。もし私が何かを書きたいなら、それを書き上げて、その書き上げたものに満足を覚えたいと思うなら、詩と短篇にしがみついていなくてはならない、とそれは告げていた。短いものなら、運さえ良ければ、私は机に座ってさっさと素早く仕上げてしまうこともできた。まだずっと初期のころに、アイオワ・シティーに来るよりも前のことだが、何かに心おきなく神経を集中することが許されないこのような情況にあって、自分が長篇小説を書き上げるのは困難であることを私は悟っていた。当時のことを今振り返ってみると、そのような飢えた年月を通じて、欲求不満のために私は徐々に正気をなくしつつあったように思う。いずれにせよ、私の書くものがどのような形態を取るかは、そのようなまわりの情況によって、徹頭徹尾自動的に決定されていたわけだ。いや、誤解しないでほしい。私は何も不平を言っているわけではない。沈鬱な、そしていまだに困惑している心の中から、いくつかの事実を取り出してお目にかけているだけなのだ。

たとえもし私に考えをまとめることができて、エネルギーを、たとえば、長篇小説に集中することができていたとしても、その報酬の受け取りを何年も先まで——それもし報酬なんていうものがあると仮定しての話だ——じっと待っていられるような余裕は私にはなかった。とてもそんな先のことまで考えられなかった。私は腰を下ろして、今すぐに、今夜かあるいは遅くとも明日の夜までには、終えてしまえるものを書かなくてはならなかった。それより遅くなっては駄目だ。仕事から戻ってきたあとに、そして私が興味を失ってしまう前に、それを書き上げてしまわなくてはならない。その当時の私は次から次へと半端な仕事をこなしていた。妻の方も同様だった。ウェイトレスをやるか、あるいは戸別セールスの仕事をするか。何年かたってから、彼女はハイスクールで教えるようになった。しかしそれはずいぶんあとのことである。私は製材所で働いたり、用務員のようなことをやったり、配達をやったり、ガソリン・スタンドで働いたり、倉庫番をやったりした。とにかく手当り次第なんだってやった。ある夏には、カリフォルニアのアーケイタでのことだが、生活のために昼間にはチューリップ摘みまでやった。そして夜になると、閉店後のドライブ・イン食堂の店内掃除をやり、パーキング・ロットを掃いた。一度など、ほんの一瞬のことではあるが、私は借金取立ての仕事を——私の目の前にその仕事の申し込み書が置いてあったのだ——やろうかとさえ思った。

その当時は、仕事を終え、家族の世話を済ませたあと、自分のための時間を一日に一時間か二時間でも絞り出せれば、もう上出来な方だった。それは天国のように思えた。それくらい時間が取れただけで、幸せそのものだった。でもいろんな事情で、そんな時間さえ取れないことがあった。そんなときには土曜日をあてにしたものだ。でもまた別の何かが起こって、土曜日さえもが潰れてしまうこともあった。でも日曜日があるじゃないか。日曜日には、たぶん。

そんな日課で（言い換えれば、日課というものの完全な不在の中で）長篇小説を書くなど、私にとっては考慮の他だった。長篇小説を書くためには、作家はもっと筋の通った世界に住んでいなくてはならないはずだ。作家が信を置くことができて、落ちついて狙いを定められて、そしてそれについて何かを書くことができるような世界に。少なくともとりあえずでもいいから、ひとところに腰を据えて留まることのできる世界だ。それとともに、世界には基本的な正しさがあるという信念がなくてはならない。この世界はこうして存在するだけの理由を有し、またそれについて書くだけの価値のあるものであり、書いている途中でぽっと消えてしまったりはしないという信念である。しかしたまたま私の知っていた世界は、私の住んでいた世界は、そういう世界ではなかった。私の世界は、毎日のようにギヤを変え、方向を変え、そのルールをも変えている世界だった。来月の初日より先のことは予測もつかないし、計画も立たないという事態にいたることもしょっちゅうあった。家賃を払い、子供たちに学校に着ていく服を与えるための金をどこかからひっかき集めてこなくてはならなかった。これは真実だ。

自分の払ったいわゆる「文学的努力」のすべてに対して、私は目で見える結果を求めた。後払いやら約束やら、あるいは支払い保証書なんてものは願い下げだった。だから私は意識的に、また必要に迫られて、一回、あるいはせいぜい二回、机に向かっただけで書き上げられるとわかっているものだけを書くようにした。ここで話しているのは、第一稿のことだ。私は書き直しについては、常に我慢強い人間でありつづけてきたが、その当時はとくに、書き直しが楽しみでならなかった。時間はとられたが、ちっとも苦痛ではなかった。今自分が抱えている短篇なり詩なりを、一刻も早く仕上げてしまいたいとは思わなかった。それを仕上げてしまったら、また次のものにかかるための新たな時間を、そして新たな信念を、どこかからかき集めてこなくてはならなかった。だから私はひととおり書き上げた作品をじつに丹念に書き直した。私は自分の作品を、嫌になるくらい長いあいだ自分の手元に置いて、いじくりまわし、こっちを書き直し、あっちを付け加え、はたまた削りとった。

このようないきあたりばったりな書き方を、私は二十年近くにわたってえんえんと続けてきた。もちろん楽しい日々だってあった。子供の親になったものにしか味わうことのできない、成人としてのある種の喜びと満足感である。でももう一度あれを繰り返さなくてはならないとしたら、私はむしろ毒を仰ぐ方を選ぶだろう。

私の生活環境はすっかり変わってしまった。今では私は、短篇小説と詩を書くことを自分の意思で選んでいる。というか、そうしていると自分では思っている。あるいは、それらはすべて昔の習慣が生んだ結果であるのかもしれない。それとも、好きなだけ自由に時間を使えて、なんだって好きなことができる！　という発想に私のからだがまだ馴染んでいないだけかもしれない。自分の尻の下からいつなんどき椅子を持っていかれるかもしれないという心配は今の私にはないし、子供たちの一人が「お腹がすいたよ、まだ夕食の支度はできてないの」といった不満の声を上げる心配もないのだ。それでも、私はそのような日々から、いくつかの教訓を学んだ。そのひとつは、「折れるよりはたわめ」ということだ。そしてまた私は学んだ。たわんでいるのに折れるということだってあるということを。

私はそれ以外に、私の人生に影響を及ぼした二人の人物について話したい。その一人はジョン・ガードナーである。私が一九五八年の秋に、チコ州立大学で小説創作初歩コースのクラスを取ったとき、彼はその先生だった。妻と私と子供たちはワシントン州ヤキマからカリフォルニア州パラダイスというところに出てきたばかりだった。パラダイスはチコの町から山腹の丘陵地帯に向けて十マイルほど入ったところにあった。住まいが安く借りられるという話だったし、そして言うまでもないことだが、カリフォルニアに行くというのは私たちにとっては一大冒険だった（その当時、そしてその後も長いあいだ、我々はいつも冒険を求めていた）。もちろん生活費を稼ぐために働かなくてはならないだろう。でも私は大学に定時制の学生として登録しようとも思っていた。

ジョン・ガードナーは博士号を取ってアイオワ大学を出たばかりで、まだ出版されていない何冊かの長篇小説と短篇小説とを抱えているということだった。それが出版されているにせよ、いないにせよ、私は小説を書いたことのある人に会うのは生まれて初めてだった。クラスの最初の日に、彼は私たちを外に連れだして、芝生の上に座らせた。生徒は全部で六人か七人だったと記憶している。彼は順番に、私たちの愛読する作家の名前を言わせた。どんな名前が上がったか覚えていない。でもそれらの名前は彼の気に入るようなものではなかったに違いない。真の作家を作るに足るものを君たちのうちの誰ひとりとして持っていないと思う、と彼は我々に告げた。自分の見るかぎりにおいて、君たちの誰も、それに必要な「炎」というものを持っていないのだ、と。でもとにかく私はできるかぎりのことをやってみよう、それが何か大きな収穫をあげるだろうという見込みはまずないにせよ、と彼は言った。しかしそこには、我々はこれから旅に出るのだ、だからしっかりと帽子を押さえておいた方がいいぞ、といった語られざる含みのようなものがあった。

別の授業のときに、彼がこんなことを言ったのを覚えている。自分は大量出版されている大手の雑誌なんかに言及するつもりはない、そういうものを馬鹿にするときだけは別だがね、と。彼は〝リトル〟マガジンを、文芸季刊誌を、一山持ってきた。そして私たちに向かって、こういう雑誌に載っている作品を君たちは読まなくてはいけないのだと言った。こういうところにこそ、我が国でも有数の優れた小説が、そして詩のすべてが載っているのだ。私の仕事は君たちに書き方を教えるだけではなく、どんな作家のものを読めばいいかを教えることにある。彼は実に息を呑むほどに傲慢だった。彼はいささかなりとも価値があると彼が考える文芸誌のリストを私たちに配った。そして私たちと一緒にそのリストをたどりながら、一冊一冊について短い論評を加えていった。言うまでもなく、私たちの中には、そんな雑誌について耳にしたことのある人間なんて一人もいなかった。そんなものが世の中に存在していたことすら、私は知らなかった。その時期に、あるいはそれは個別面接か何かのときだったかもしれないが、彼がこう言ったのを覚えている。「作家は生まれるだけではなく、作られもするのだ」と。（それは真実だろうか？　いや、私には今もってわからない。創作科の教師の職について、いささかなりともその仕事に真剣に取り組んでいる作家なら、ある程度までそれを信じているはずである。見習いの音楽家がいて、見習いの作曲家がいて、見習いの画家がいるのなら、見習いの作家がいて悪いだろうか？）たしかに私は感化を受けやすい人間だったけれど――今でもそうだと思うが――でもそのときは、彼の言うことなすこと、何もかもにすっかり参ってしまった。彼は私の初めて書いた短篇習作を取り上げて、私と一緒に一行一行点検してくれたものだった。彼はとても忍耐強い人だったと記憶している。彼は伝えたいと思うことを、それこそ嚙んで含めるように私に説明し、私が表現したいと思っていることを十全に伝えてくれる正しい言葉を見つけるのがいかに大切かということを、口が酸っぱくなるくらい繰り返した。ぼんやりとしたもの、漠然としたものは駄目、曇りガラスみたいな文章は駄目。そして彼は私に市井の言葉――という以外に表現のしようがないのだが――でものを書くことの重要性をたたき込んだ。日常の会話で使っている言葉、生活の中で口にしている言葉を使ってものを書くことの重要性を。

最近のことだが、私たちはニューヨーク州イサカで夕食を共にした。そこで私は、私たちがかつて彼のオフィスで行ったいくつかの話し合いのことを持ち出した。彼はそれに答えて言った。私が君に教えたことは恐らくみんな間違いだったよ、と。「私はいろんなことに対して自分の考え方をすっかり変えてしまったんだ」と彼は言った。でも私に言わせてもらえれば、そのとき彼が与えてくれた忠告は、私がそのときにまさに必要としていたことだった。彼は偉大な教師だった。その時期の私の人生にそんなことが起こったというのは、つまり私の書いた原稿をきちんと読んで、一緒に頭を突き合わせて検討してくれる人がいたというのは、まったく素晴らしいことだった。何か重大なことが、何か意味をもったことが、自分の身に起こりつつある、私にはそれが分った。自分が言いたいと思っていることをきちんと正確に語り、それ以外の余計なことを語らないことの重要性を、彼は私に叩き込んでくれた。「文学的」用語や「詩もどき」言語を使わないこと。彼はたとえば「マキバドリの翼（ウィング・オブ・ア・メドウラーク）」と「マキバドリの翼（メドウラークス・ウィング）」のあいだにどのような違いがあるかというようなことについて説明しようと試みた（訳者註　ガードナー氏には申し訳ないが、日本語ではその違いを表すことは不可能であるように思える）。そこにはサウンドとフィーリングの違いがある、わかるかい？　それからたとえば「土地（グラウンド）」と「大地（アース）」の違いがある。土地はあくまで土地だ、と彼は言ったものだった。それが意味するものは土地であり、土くれだ。でも君が大地と言うとき、それは何か別のものだ。それは違った支流を持っている言葉なのだ。彼は文章を短く縮めることを教えてくれた。自分が言いたいことを語りつつ、それをなるべく少ない数の言葉で語る方法を示してくれた。短篇小説においては、そこにある何から何までがとことん重要なのだということを、私に理解させてくれた。コンマやピリオドをどこに置くかは、大きな意味を持つことなのだ。

そんな何やかやに対して——たとえば週末に私が書くことのできる場所を持てるようにと彼が自分のオフィスの鍵を渡してくれたことに対して——私の厚かましさや、諸事全般にわたる馬鹿げた振舞いによく耐えてくれたことに対して、私は常に感謝の念を忘れないであろう。彼はひとつの影響力だった。

それから十年後、私はまだ生きていて、まだ子供たちと一緒に暮らしていた。そして時おり小説を書いたり、詩を書いたりしていた。私はそのようにして書いた短篇のひとつを「エスクァイア」に送ってみた。そうすればしばらくのあいだはその作品のことを忘れていられると思って。しかしその作品は返事の手紙つきで私の手元に戻ってきた。手紙はその当時の「エスクァイア」の文芸担当編集者であったゴードン・リッシュからのものだった。彼はこの作品は掲載にはならないと書いていた。そこには返送の言い訳もなく、「心ならずも」というような文句もなかった。彼はただそれを送り返してきただけだった。しかし他の作品も見せてほしいと彼は書いていた。そこで私はすぐさま、自分の書いたものそっくり残らず彼のところに送ってみた。そして彼はすぐさま、そっくり全部を私のところに送り返してきた。しかし送り返されてきた作品には、前と同じように親切な手紙が同封されていた。

そのころ、一九七〇年代の初めのころだが、私は家族と一緒にパロ・アルトに住んでいた。私は三十代の前半で、初めてホワイトカラーの仕事に就いていた。教科書出版会社の編集者だった。我々は古いガレージが裏についた家に住んでいた。前の住人はそのガレージに遊戯室をこしらえていたので、夕食のあと少しでも時間さえあれば、私はいつもそこに行って、ものを書こうと試みた。何も書けないときには（それはしょっちゅうだったのだが）、机の前にしばらくの間ただじっと座っていた。家の中で毎日のように繰り広げられていたどなりあいから離れていられることに感謝しながら。それでも私は『The Neighbors』という題名をつけた短篇を書いていた。それをようやく書き上げると、リッシュのところに送った。間髪を入れずに返事が来た。これは大変に気に入りました、題名は『Neighbors』に変えましょう、この短篇を採用するようにという趣旨の申し入れを編集部にしておきました、という内容の返事だった。それは事実採用され掲載された。これでいろんなことがそっくり変わっちまうぞと私は思った。「エスクァイア」は私のその他の短篇も、一篇また一篇と採用してくれた。このころにジェームズ・ディッキーがその雑誌の詩の担当者になって、彼は私の詩を採用して掲載し始めた。そういう面では、物事はこのうえなくうまく運んでいた。でもそのころになると、私の子供たちは、ちょうど今私の耳に届いてくるあの競馬場の観衆のように、一斉にわめきたてていた。そして彼らは私を生きたまま貪り食っていた。間もなく私の人生はまたもや向きを変え、急激に方向転換し、やがて引き込み支線の中に入って停止してしまった。どこにも行くことができなかった。後ろにも戻れず、かといって前にも進めなかった。ゴードン・リッシュが私のいくつかの短篇をまとめて、マグロー・ヒル社に送ってくれたのはそんな時代のことである。それは出版の運びとなった。しかししばらくのあいだ、私はまだずっと引き込み線の中にいて、にっちもさっちもいかなくなってしまっていた。もし私の中にかつて炎があったとしても、それは既に消えていた。

影響といえば、ジョン・ガードナーとゴードン・リッシュだ。その二人には私はいくら感謝してもしきれないだろう。でもなんといっても私の子供たちがいる。彼らはまさに、私にとっての主なる影響力である。彼らこそが私の人生と書き物を動かし、形成した張本人である。おわかりだろうが、私はまだ彼らの影響下にいる。今のところ、雲行きは比較的穏やかになり、そこには静けさがあるのだけれど。

ジョン・ガードナー、教師としての作家

John Gardner : The Writer As Teacher

昔の話になるが――一九五八年の夏のことだ――妻と私と我々の幼い二人の子供は、ワシントン州ヤキマからカリフォルニア州チコの郊外にある小さな町に越してきた。そこで私たちは古い家をみつけ、月に二十五ドルの家賃を払った。この引越しの費用を捻出するために、私は自分がそれまで処方箋調剤の配達の仕事をしていた薬局の主人（ビル・バートンという人だ）から百二十五ドルを借りなくてはならなかった。

早い話、そのころ我々はまったくの一文なしだった。食べるのにやっとというところだったが、それでも私はチコ州立大学と呼ばれていた大学で講義を受けようという計画を持っていた。しかしもう思い出せないくらい遥か昔から、我々が新しい生活とアメリカン・パイのしかるべき分け前を求めてカリフォルニアに移住するずっと以前から、私は作家になりたいと思っていた。私は書きたかった。何でもいいから書きたかった――もちろん小説なら文句ない、しかし詩、芝居、脚本、「野外スポーツ」「トゥルー」「アーゴシー」「ローグ」（これらはそのころ私が愛読していた雑誌である）

のための記事、地方新聞のための原稿なんかでもかまわない――それがいくつかの単語を組み合わせて、筋の通った、そして私以外の第三者の興味を引く何かを作りだすという作業を含んでいるものであるなら、とにかく何だってよかったのだ。しかしカリフォルニアに移ろうとするころには、もし本気で作家としてやっていこうと思ったら、それなりの教育を受けなくてはならないと痛切に感じていた。私はその当時、教育というものに最高の価値を置いていた。今はたしかに私も当時ほどには教育というものを重要視してはいないが、それは私がある程度歳を取って、既に教育を身につけているからだろう。私の家族のうちの誰ひとりとして大学に進んだものはいなかったし、実を言えば義務教育のハイスクール八年生より上に進んだものだっていなかったのだ、ということを理解していただきたい。私は本当に何も知らなかった。でも自分が何も知らないということを私は知っていた。

そのように、私は教育を受けたいという思いとともに、ものを書きたいというきわめて強い思いを持っていた。そしてその思いがあまりにも強かったからこそ、また私が大学で与えられた励ましや、身につけることができた洞察力にも助けられて、「健全なる常識」やら「冷酷なる事実」やらが、つまり私の人生の「現実」が、再三再四にわたって私に向かって「もうよせよせ、夢を見るのはやめろよ、おとなしくあきらめて別のことをやった方がいい」と告げたあとも長いあいだ、ひたすらものを書き続けてきたのだ。

その秋チコ州立大学で、大半の新入生が必修科目として取らなくてはならない講座を私も取った。でもそれと同時に私は創作文芸講座一〇一というクラスを取った。この講座はジョン・ガードナーという新任の教師によって受け持たれていた。そのとき彼は既に、いささかのミステリーとロマンスとによって色どられた存在であった。話によれば彼はその前にはオバーリン大学で教鞭をとっていたのだが、ある公にはされていない理由でそこを離れたのだということだった。ガードナーは解雇されたのだとある学生は言ったし――学生というのは世間の大抵の人間の例にもれず噂話や陰謀が大好きなのだ――別の学生は彼は喧嘩の末にあっさり辞職してしまったのだと言った。ガードナーはオバーリンでは一学期に四つも五つも新入生の英語のクラスを持たされて、それでは自分の執筆に差し支えるから辞めたのだと言うものもいた。というのもガードナーは本物の（つまり実作をしている）作家なのだということだった。短篇なり小説なりを既に書き上げている人間なのだ。事の真相はどうであれ、彼はチコ州立大学で創作文芸講座を受け持つことになっていたし、私はそのクラスに登録したのだ。

本物の作家から指導を受けるということに私は興奮していた。私はそれまで作家なんで目にしたこともなかったし、すっかり恐れ入ってしまっていた。しかしそれらの小説や短篇はどこで入手できるのか？　いや、それらはまだ発表されていなかった。彼はまだ作品を出版することができず、原稿は箱に詰まったままになっているのだという話だった。（私は後日それらの原稿の詰まった箱を目にすることになった。ガードナーは、落ちついて仕事をする場所を私が確保するのが困難であることを知った。小さい子供たちを抱え、窮屈な片隅で勉強をしていることを。彼は私に自分のオフィスの鍵をくれた。今になって思うのだが、それは私にとっての人生の転機だった。それは気まぐれに与えられた恩恵ではなかった。私はそれをある種の果たすべき指示として受け取ったように思う――事実そのとおりだったのだが。毎週土曜日と日曜日のうちの何時間かを私は彼のオフィスで過ごした。そして彼はそこに自分の原稿を入れた箱を置いていた。箱は机の脇の床にどっと積み上げられていた。そのうちの一つにはグリース・ペンシルで『ニッケル・マウンテン』と書かれていたが、それが私に今思い出せる唯一の題名である。私はそのオフィスで、彼の未発表小説に見守られながら、最初の本格的な執筆を私は始めたのだ。）

最初に会ったとき、彼は女子体育クラスの受付机の向こうに座っていた。私はクラス登録名簿に名前を記入し、コース・カードを受け取った。彼は、それまで作家とはこういうものだろうと私が想像していたものとは全然違う格好をしていた。その当時彼はまったくのところ、長老派の牧師か、あるいはFBI捜査官みたいな身なりをしていたのだ。いつも黒いスーツに白いシャツを着て、ネクタイをしめていた。髪はクルーカットだった（私の世代の大部分の若い男は当時DAスタイル――つまりダック・アス、あひるの尻――と呼ばれた髪形をしていた。側頭部を後ろになでつけ、オイルやクリームを使って首筋のところでぎゅっと固めるやつだ）。つまりガードナーはものすごくスクエアに見えたということだ。そしてきわめつけは、彼がのっぺりとした真っ黒なタイヤをつけた真っ黒な4ドアのシヴォレーに乗っていることだった。その車には余分なものは何ひとつついておらず、カー・ラジオさえなかった。親しくなって、彼がオフィスの鍵をくれて、私がそこを仕事場として定期的に使うようになったあとのことだが、私はよく日曜日の朝に窓の前の机に座って、彼のタイプライターを叩きまくっていた。でも私は彼の車がやってきて道路脇に駐車するのを待ち構えていたものだ。それは毎週日曜日の恒例行事だった。ガードナーと、最初の奥さんのジョーンが車から出てきた。二人とも黒っぽい、生真面目な服に身を包んでいた。彼らは教会まで歩き、そこに入って礼拝に参加した。その一時間半後に、彼らがそこから出てくるのを私はまた待ち構えていた。二人は歩道を歩いて彼らの真っ黒けの車に戻り、それに乗り込んで家に帰っていった。

ガードナーはたしかにクルーカットで、牧師かＦＢＩ捜査官みたいな服装をして、日曜日には教会に通っていた。でもそれ以外の点では型破りな人間だった。最初の授業の日から、彼は規則を破り始めた。彼はチェーン・スモーカーで、教室の中でも、金属製の屑箱を灰皿がわりにひっきりなしに煙草を吸っていた。その当時は、教室の中では誰も煙草を吸ったりしなかった。同じ教室を使っている他の教師が彼のことを上に言いつけたとき、彼は我々に向かってその男のみみっちさと狭量さについて言及しただけで、窓を開けて、相変わらず煙草を吸い続けた。

彼のクラスの生徒のうち、短篇小説を志すものに要求されたのは、十ページから十五ページの短篇小説を一篇書くことだった。長篇小説を書きたいと思うものは——クラスにはそういう生徒が一人か二人いたと記憶している——二十枚くらいの章をひとつ書いて、そのあとの粗筋を添えることになっていた。みんなが仰天したのは、その短篇なり、長篇の一章なりを、とにかくガードナーがそれでよしと言うまで、一学期かけて書き直さなくてはならない、十回だって書き直さなくてはならないということだった。作家というものは、自分の述べたことを目で見るという進行過程の中で、自分の言いたいことを発見するのだというのがガードナーの基本的な持論だった。そして人は書き直しを通して、それを目にすることができる――あるいはより明確に目にすることができるのだ。彼は書き直しというものを、限りのない書き直しというものを信仰していた。それは彼にとってはきわめて重要なことであり、作家にとっての、それが進歩のどのような段階にある作家であれ、生命線であると彼が思っていることだった。そして彼が、学生たちの書いた小説を何度も読みなおすことにうんざりしたような素振りを見せたことは、一度だってなかった。たとえ以前にその作品の生まれ変わりを五回も目にしていたとしてもだ。

彼が一九五八年に短篇小説について抱いていた理念は、一九八二年に彼が短篇小説について抱いていた理念にかなり近いものだったと思う。そこにはきちんとした始まりがあって、真ん中があって、結末があった。時おり彼は黒板に向かって、小説の中における感情の高まりと下降とについて自分の言わんとするポイントをわかりやすく説明するために、図表を描いたものだった。頂上や谷間や台地や解決や大団円や、その手のものだ。一生懸命努めてはみたのだが、私はそういった類いのことには――彼が黒板に描いて説明したようなことには――それほど興味を持つことができなかったし、本当には理解することができなかった。でもそのかわり私には、彼がクラスのディスカッションで取り上げられている生徒の作品について述べる意見を理解することができた。ガードナーは声に出た独り言みたいにぶつぶつと意見を述べるようなこともあった。たとえばその書き手が脚の悪い人についての小説を書いて、その脚が悪いという事実を話のいちばん終わりまでずっと伏せておいたようなときにだ。「つまり君はこう思うわけだな、この男の脚が悪いということは、読者には最後の一行が来るまで知らせない方がいいという風に」彼の声の調子を聞けば、彼がそれに対して不賛成であることはわかった。それが良き策略ではなかったということは、書き手をも含めたクラスの全員に、それこそ一瞬にして理解できた。重要にして必要な情報を読者に伏せておいて、最後にそれを明かしてびっくりさせてやろうというような策略は、だまし討ちのようなものなのだ。

授業において、彼は年じゅう、私がそれまであまり聞いたこともないような作家たちの名前をあげた。あるいは耳にしたことはあっても、読んだこともないような作家たちの名前を。コンラッド、セリーヌ、キャサリン・アン・ポーター、イサーク・バーベリ、ウォルター・ヴァン・ティルバーグ・クラーク、チェーホフ、ホーテンス・カリッシャー、カート・ハーナック、ロバート・ペン・ウォレン（我々は一度ウォレンの『いちご寒』という短篇を読んだことがあった。どういうわけか私はその作品があまり気に入らなかった。そして私はガードナーに向かってそう言った。「君はもう一度それを読み直してみた方がいい」と彼は言った。本気でそう言ったのだ)。ウィリアム・ギャスも彼のあげた名前のひとつだった。ガードナーはちょうど「MSS」という自分の雑誌を始めたところで、その創刊号に『ピーダセン家の子ども』を掲載しようとしていた。私はその作品を原稿で読み始めたのだが、ぜんぜん理解することができなかった。私は再び彼に苦情を申し立てた。今度は彼はもう一回読んでみろとは言わなかった。何も言わずに私からその作品を取り上げただけだった。彼はジェームズ・ジョイスとフロベールとアイザック・ディネーセンのことを、まるでユバ・シティーの同じ通りに住んでいる人たちについて話すみたいに語った。「私がここにいるのは、君たちに書き方を教えるだけではなく、何を読めばいいのかを教えるためでもあるんだ」と彼は言った。私はなんだかくらくらした頭で教室を出て、まっすぐ図書館に行き、彼が名前をあげた作家たちの本を探した。

その当時の一世を風靡していた作家といえば、ヘミングウェイとフォークナーだった。でも私はそれまでに彼らの作品を、全部あわせてせいぜい二冊か三冊しか読んだことがなかった。そりゃまあ彼らはすごく有名だし、話題にもなっているけれど、そんなものどうせ評判だおれさ、と思っていたのだ。私はガードナーにこう言われたことを覚えている。「手に入るかぎりのフォークナーの本を読むんだ。それからヘミングウェイを全部読むんだ。頭からフォークナーを追っ払うためにな」

彼は我々に〝リトル・マガジン〟、あるいは文芸誌というものを紹介してくれた。ある日それらの雑誌を箱にいっぱい抱えて教室に現れ、我々がその名前を覚え、それがどんな格好をしているかを目で確かめ、どんな感触かを手で感じられるように、みんなに回覧させてくれた。彼はこう言った。今の我が国におけるもっとも良質な小説の大半と、詩のだいたい全部が、こういう雑誌に載っているんだ、と。創作、詩、文学的エッセイ、近刊の書評、現存の作家による現存の作家の批評。当時の私はそんな発見に興奮したものだった。

そのクラスにいた七人か八人の学生のために、彼は重たく黒いバインダーを注文し、我々に向かって、君たちの書いたものをそこに入れておきなさいと言った。私も自分の書いたものをそんなバインダーの中に入れてしまっているのだ、と彼は言った。そして言うまでもないことだが、我々にとってもは話はそれで決まりだった。我々は自分たちの作品をそのバインダーに入れて持ち歩き、自分たちは特別なんだと思った。他の連中とは違う選別された存在なのだと。また実際そのとおりだった。

作品についての個別面接で、ガードナーが他の生徒とどんな風に関わっていたのか、私にはわからない。彼はすべての生徒に対して熱心に接していただろうと思う。でもその当時にも私は思っていたし、今でもやはりそう思っているのだが、その時期を通じて彼は私の作品を、それが受けるにふさわしい以上の真剣さをもって取り上げ、綿密に注意深く読んでくれた。私は彼が与えてくれるような種類の批評を受け入れる準備がまったくできていなかった。面接の前に、彼は私の小説に筆を入れてくれたものだった。容認しがたいセンテンスや語句やひとつひとつの単語や、あるいは句読点までを消してくれた。そして彼は私に、それらの削除が交渉の余地のないものであることを言いわたした。またそれとは別に、彼はセンテンスや語句やひとつひとつの単語などに括弧をつけた。それらは話し合われるべき事項であった。それらは交渉の余地のある問題であった。そして彼は私の書いた作品に自分の手を加えることを手控えたりはしなかった。あちこちに言葉が、ときにはいくつかのまとまった単語が、あるいはセンテンスが、私の言いたいことをより明確にするために付与されていた。我々は私の作品の中の一つのコンマについて、あたかもそれがそのときの世界最大の重要事であるかのように――そして実際にそうだったのだ――議論した。彼はいつも、何か褒めるべきところを探した。そこに彼の気に入ったセンテンスなり、台詞の一行なり、描写の一節があったりすると、あるいは彼が「効いている」と思ったり、物語を面白い方向に、予期せざる方向に動かしていると思う何かがあったりすると、彼は余白のところに「よろしい」と書いたものだった。あるいは「いいぞ！」と。そしてそういうコメントを見ると、私はとても良い気分になるのだった。

彼が私に与えてくれたのは、綿密な、一行一行を検証するような批評だった。そしてその批評の奥にある、あるものはなぜこうでなくてはならず、ああであってはならないかの理由だった。それは私が文筆家として進歩するためにははかりしれぬほど重要なことだった。このような種類の、作品に対する微に入り細をうがつ話し合いのあとで、我々はその小説のもっと大きな点について話し合うことになった。それが光を投げかけようとしている「問題」について。それが取りくもうとしている葛藤について。そしてその小説が、物語を書くという根本的姿勢にどのようにうまく当てはまり、あるいはあてはまっていないかについて。もし小説の中の言葉が、作者の無神経さや不注意さや感傷なんかによって不鮮明になっていたら、その作品は取り返しのつかないハンディキャップを背負うことになるというのがガードナーの持論だった。しかしそれよりもまだ悪いこと、どんな代価を払ってでも回避しなくてはならないことがあった。それは、もしその言葉や感情が心から自然に出てきたものでなかったなら、もし作者がそれを適当にでっち上げているものだったなら、作者自身がとくに関心も持たず、また信じてもいないことを書いているとしたら、読者だってそんなものをまともに読む気にはならない、ということである。

作家としての価値観と技術。それこそがその人物の教えたことであり、自ら依って立っていたものである。そして私が、その短いけれども万金に値する時期のあと、ずっとこのかた心に抱いてきたことである。

このガードナーの本は（原註　このエッセイはジョン・ガードナーの『小説家になることについて』〔一九八三〕という本の序文として書かれたものである）、作家であるというのは、そして作家でありつづけるというのはどういうことなのか、それには何が必要なのかということについての聡明にして正直なる査定表であるように私には思える。それは常識と、度量の深さと、交渉の余地のないひとそろいの価値観によって形づくられている。この本を読む人は誰もが、作者の心の広さや高潔さとともに、その絶対的にして断固とした正直さに打たれるに違いない。あるいはお気づきになったかもしれないが、この本の最初から最後まで作者は「これは私の経験から言えることなのだが」と言い続けている。それは彼の経験から言えることなのだが――そしてそれはまた創作科の教師として私が経験してきたことでもあるのだが――創作のいくつかの側面は他の作家に、だいたいは年若い作家にだが、教え、伝え送ることができる。この考え方は教育と芸術の実作に真剣に興味を持っている人には、決して奇異なものには響かないはずだ。大抵の優れた、あるいは最高にランクされる指揮者にしたところで、作曲家だって、微生物学者だって、バレリーナだって、数学者だって、画家や彫刻家だって、宇宙飛行士だって、戦闘機パイロットだって、年上の、より完成された先輩から教えを受けているのだ。もちろん、陶芸や医学の授業を受けただけで偉大な陶芸家やら医者になれないのと同じように、創作科の授業を受けたからといって、それでそのまま立派な作家になれるわけではない。授業を受けたからといって、それがまったく何の足しにもならないということだってありうる。でもガードナーはこう確信していた。それがたとえ何の足しにもならないとしても、少なくとも作家を志す人間の足を引っぱることはないのだと。

創作科の授業を教えることと、受けることとの危険な点のひとつは——これもまた私自身の経験から話しているわけだが——若い作家を励ましすぎるということである。しかし私はガードナーから学んだのだ。逆の誤謬を犯すよりは、その危険を引き受けた方がまだいいということを。彼は与え、与え続けた。相手の生命徴候が大きく上下するような場合（学習の途上にある若い人々にはよく起こることなのだが）にあってもだ。若い作家というものは何といっても、他の職業に入ろうとしているものたちと同じくらい——いやそれ以上にと私は言いたい——励ましを必要としている。言うまでもないことだが、それは正直な気持ちから出た励ましでなくてはならない。口先だけのでまかせであってはならない。この本をとりわけ立派なものにしているのは、その励ましの質の高さである。

　失敗や挫折は我々のすべてにとってありふれたことである。自分がかなり危うい場所にいるのではないか、こと志とは違った風に自分の人生が進行しているのではないかという疑念に襲われない人は、それほど多くないはずだ。十九歳になるころには、人は自分はこういう風にはなれそうもないといういくつかの物事をかなりはっきりと認識するようになる。しかしどちらかといえばそんな、壁にぶちあたるような感覚は、骨の髄にまで厳しくしみ入るような認識は、青春期の終わりか、あるいは中年期の初めになって訪れる。どのような教師も、どれほどの教育も、もともと作家に向いていない人間を作家に変えることはできない。しかし新たなるキャリアに取り組みたい、天職を追求したいと思っている人間なら、障害やら失敗やらをも進んで受け入れようとするはずだ。世間には失敗した警官だっているし、失敗した政治家やら、将軍やらインテリア・デコレーターやらエンジニアやらバス運転手やら編集者やら文芸エージェントやらビジネスマンやらバスケット編み職人やらだっている。そしてまた世間には失敗し幻滅した創作科の教師やら、失敗し幻滅した作家やらもいる。ジョン・

ガードナーはそのどちらでもなかった。

私の負債はきわめて大きなものであり、このような短い文章の中ではほんのうわっつらを撫でるくらいしかできない。とても言葉では表せないほど、私は彼を惜しんでいる。しかしそれと同時に、自分を本当に幸運な人間だったと思っている。なんといっても、彼の批評と励ましを受けることができたのだから。

詩

I

一杯やりながらドライブ

今は八月で、もうこの六ヵ月
読んだ本といえば
コーランクール著『モスクワからの退却』
とかいう一冊だけ。
でも僕は幸せだね。
こうして弟と二人で車に乗って
オールド・クロウの一パイント瓶を飲んでいると。
どこに行こうというあてもなく、
ただ車を走らせているだけ。
ちょっと目を閉じれば、
意識がふっと消えちゃいそう、まったく
この道ばたにごろんと横になって
永遠に眠っちゃいたいくらいだ。

弟が僕を小突く。
こうしている今にも、何かが起こりそうだ。

Drinking While Driving

幸運

僕は九歳だった。
僕は生まれてこのかたずっと酒と
縁が切れなかった。友達連中も酒は飲んだが、
彼らは酒に溺れたりはしなかった。
僕らは煙草とビール、それに
女の子を二人ばかり連れて
砦《フォート》まで行った。
僕らは馬鹿なことばかりした。
たとえば酔っ払って気を失ったふりして
女の子に自分の体を
触らせてやったりしてね。
女の子たちがズボンの中に
手を入れてくるときにじっと横になって

笑い出さないようにするのに
苦労したものだ。あるいは彼女たち
ごろんと仰向けになって
目を閉じて、そして
体じゅうを触らせてくれた。
一度パーティーの最中に
親父が小便しに裏のポーチに出てきた。
レコード・プレイヤーの音楽に重なるように
人々の声が聞こえた。
彼らはみんな立ったまま
飲んだり笑ったりしていた。
親父は小便し終わると
ジッパーを上げて、しばらく
星でいっぱいの空を見上げた。夏の夜には
空はいつも星だらけだった。
それから家の中に戻っていった。

女の子たちは家に戻らなくてはならなかった。
僕は砦《フォート》で仲良しの友達と
一晩を過ごした。
僕らは唇を重ね合わせ
互いの体を触りあった。
明け方になって星が光を
失っていくのが見えた。
家の芝生の上で女がひとり
寝転んでいた。
僕は女の服の中をのぞき、
それからビールを飲み
煙草を吸った。
うんうん、こういうのが人生ってもの。
家の中では誰かがマスタードの瓶に
煙草を突っ込んで消してあった。
僕はボトルからぐいと

ストレートで口飲みし、それから
生温くなったコリンズ・ミックスを飲んで
またウィスキー。
とまあ部屋から部屋をまわったのだが
家には誰もいなかった。
なんという幸運、と僕は思った。
何年もたったあとでも
そんな家のためなら僕は
何だって投げ出しちゃうぞと思っていた。
友達だろうが愛だろうが夜空の星だろうが。
中に誰もいなくて、誰も
帰ってくる見込みがなくて、それでもって
酒が飲み放題って家のためならば。

投げ売り

日曜日の朝早く、いっさいがっさいを外に出す——
子供用の天蓋つきベッドと化粧テーブル
ソファー、小さなテーブルと電気スタンド、いろんな本やら
レコードやらを詰め込んだ段ボール箱。それに台所用品や
時計つきラジオやハンガーにかかった服なんかを運び出す。
大きな安楽椅子は彼らが一緒になったときからのもので、
二人はその椅子を「叔父さん」と呼んでいた。
最後に我々はキッチン・テーブルを持ち出し、
そのまわりに品物を並べて商売をする。
空はよく晴れて、雨の心配はない。
僕は酒を断つために彼らと一緒にここにいる。
僕は昨夜その天蓋つきベッドで眠った。
僕らは好きでこんなことやってるわけじゃない。

今日は日曜日で、彼らは隣の監督派教会に来る人たちに
それらを買ってもらおうとしている。
まったく、なんて切ない話だろう！
路上に並べられたこのガラクタの山を目にする人は
みんなその胸の痛みを感じ取るはずだ。
家族の一員であり、彼の恋人である
かつては女優志望だったその女性は、
知り合いの教区民たちとお喋りしている。
人々はこわばった笑みを浮かべ、
服をちょっと指で触ったりしてから立ち去っていく。
男の方は、これは僕の友人なのだが、テーブルの前に座って
読書に熱中しているふりを
している――フロワサールの『年代記』に。
そういうのを僕は窓から見ている。
僕の友人はもう駄目、どうしようもない。本人もそれはわかっている。
いったいどうしちゃったんだよ？　二人を助けてやろうっていう人はいないのかい？

このまま、落ちぶれた様をずっと人目に晒さなくちゃならないのか。
それはあんまりじゃないか。
誰かがいますぐさっと現れて二人を救ってやるべきだよ。
そこにあるもの全部、その人生の軌跡をひとつ残らず
買いとってやるべきだよ。こんな辱めを
一刻も早く終わらせるためにね。
誰かが何かをしなくちゃ。
僕は自分の財布に手をのばす。そしてひとつの事実に思い当たる。
僕には誰も救えない、という事実。

Distress Sale

君の犬が死ぬ

犬がヴァンに轢かれる。
みちばたで死体をみつけ、
それを埋める。
辛いものだ。
君自身だって辛いし、
君の娘のことを思うとまた辛い。
その犬は彼女のペットで、
すごく可愛がっていたから。
昔は歌をうたって寝かしつけたものだし、
ベッドにまで入れてやったものだった。
君は犬についての詩を書く。
君の娘のための詩、と君はそれを呼ぶ。
ヴァンに轢かれた犬についての詩。

その死んだ犬を君がどう葬ったかについての詩。
それを抱き上げて、森の中まで運んでいって
深く、深く埋めたこと。
そしてその詩はすごく出来がよかったから、
その小さな犬が轢かれちゃってよかったとさえ
君は思ったりもする。もし轢かれなかったら、
こんな見事な詩はできなかったわけだものな。
それから君は机の前に座って、詩を書き始める。
犬の死についての詩を書くこと
についての詩を。
でもそれを書いていると、女が
君の名を、君のファースト・ネームを
そのふたつ音節を
かなきり声で呼ぶ。
そして君の心臓は止まってしまう。
しばしののちに、君はまた書きつづけている。

彼女はまたまたかなきり声を上げる。
君は首を振る。こんな風にしていったいいつまでやっていけるんだろう。

二十二歳のときの父の写真

十月。このじめじめした馴染みのない台所で
僕は若き日の父親のはにかんだ顔をじっと見ている。
おどおどした笑みを浮かべ、片方の手でスズキに
通した紐を持ち、もう片方の手には
カールズバド・ビールの瓶。

ジーンズとデニムのシャツという格好で、父は
１９３４年型フォードのフェンダーに寄りかかっている。
彼は後世に向けて、いかにもぶっきらぼうで気さく
というポーズを取ろうとしている。
その古い帽子を耳の上にまで曲げて。
最後まで、父は剛毅な人間になりたがっていた。

でもその目は本当のところを教えてくれる。そして死んだスズキとビール瓶をさしだすだらっとした両手も。父さん、僕はあなたのこと好きだよ。でも感謝するわけにもいかないな。僕もまた酒にふりまわされている。どこで釣りをすればいいのかさえもわからない。

Photograph Of My Father In His Twenty-Second Year

ハミッド・ラムーズ（一八一八―一九〇六）

その朝僕はハミッド・ラムーズの詩を書きはじめた。
この人は兵士にして学者にして砂漠探検家
八十八歳のときに銃で自らの命を絶った。

僕は息子に向かってこの興味深い人物についての辞書の記述を
読んで聞かせようとしたのだが――僕らはローリー卿についての何かを調べていたの
だ――
でも子供は退屈しだした。無理もないことだが。

それは何ヵ月か前の話で、息子はいま母親のところ。
でも僕はその名前を覚えていた。ラムーズ――
そして一篇の詩がかたちを作っていく。

午前中ずっと僕はテーブルの前に座り
僕の手は、際限のない消耗の上を行き来している。
その奇妙な人生を再現しようとこころみつつ。

Hamid Ramouz (1818 — 1906)

破　産

僕、二十八歳で、毛のはえた腹
がアンダーシャツ（差し押さえ免除品）の下から出ている。
寝椅子（免除品）のこっち側
にごろんと寝転んで
女房の楽しげな声（やはり免除品）
の奇妙な響きに耳を傾けている。

僕らはかくのごときささやかな喜び
の初心者である。
これまで無節制に生きてきたこと
を反省しております（と僕は裁判所に嘆願する）。
今日、僕の心は、まるで玄関の扉みたいに
見事に開けっぱなし。ああこういうの本当に何ヵ月ぶりだな。

Bankruptcy

パン屋

それからパンチョ・ヴィラが町にやってきて、
町長を吊るし
年老いてよぼよぼのヴロンスキー伯爵を
夕食に呼びつけた。
パンチョは新しい恋人を、白いエプロン
をつけたその御亭主と一緒に紹介し、
ヴロンスキーにピストルを見せた。
それから伯爵に、その不幸なメキシコでの
亡命生活について話してくれと言った。
それから話は女と馬のことになった。
二人ともそれについては権威だった。
恋人はくすくすと笑って、パンチョのシャツの
真珠のボタンをいじくりまわしていた。でも

真夜中になるとパンチョはテーブルにつっ伏して
眠りこんでしまった。
御亭主は十字を切り
胸に長靴を抱えて家を出ていく。
妻にも、ヴロンスキーにも
一瞥もくれず。
この名もなき御亭主、赤っ恥をかかされて、命からがら
裸足で逃げだす男、彼こそが
この詩の主人公である。

The Baker

アイオワの夏

新聞配達が僕を揺すって起こす。「君がやってくる夢を
　見てたんだ」
と僕は言ってやる。ベッドから起き上がりながら。彼のわきには
でかい黒人がいる。大学からよこされた奴で、僕に今にも
つかみかかりたそう。僕は時間をかせぐ。
みんなの顔の上を汗が流れ、僕らはじっと立っている。
僕は彼らに椅子をすすめないし、誰も口をきかない。

あとになって、彼らが帰ったあとでやっとわかったのだが、
彼らは手紙を届けてくれたのだ。
女房からの手紙。「そちらの具合は
どう？」と　女房は訊いている。「お酒飲んでるの？」
僕は何時間もその消印を睨んでいる。そのうちにそれもまた

ぼやっとかすんでくる。
いつかこんなことをみんな忘れちまえたらなあ、と僕は思う。

Iowa Summer

アルコール

錦織りのカーテンの隣にある絵が
ドラクロアである。これは寝椅子《ダイヴァン》と呼ばれている。
大長椅子《ダヴェンポート》ではない。この品は長椅子《セッティー》である。
装飾的な脚に注目していただきたい。
君のトルコ帽をかぶりたまえ。君の目の下の焼けたコルクの
匂いをかぎたまえ。チュニックもきちんと整えたらどう。
お次は赤い腹飾り帯とパリ。一九三四年の四月だ。
黒いシトロエンが縁石のところで待っている。
街頭に灯がついている。
運転手に住所を教えるんだ。でも急がないようにと
運転手には言っておく。朝まで時間はたっぷりあるのだからと。
そこに着いたら、酒を飲んで、愛を交わして
シミーとビギンを踊るのだ。

そして翌朝太陽がカルチエの上に
昇るとき、その美しい女は、
君がすっかり一晩、自分のものとしたその女は
今は君と一緒に家に帰りたがっている。
彼女に優しくしてやりたまえ。あとで後悔する
ようなことはやっちゃいけない。彼女をシトロエンで
家まで送り、しかるべきベッドで
彼女を寝かせてやりたまえ。そうすれば彼女は君と恋に落ち、君も
彼女と恋に落ち、それから……なんだっけ、酒だ。
酒の問題。いつもいつも酒――
君が実際にやったことといえば
そしてそもそもの最初から君が愛することになっていた
べつの誰かに対してやったことといえば。

八月の午後、太陽は眩しくサンホセの
君の家の前に停まったほこりだらけの

フォードのボンネットに照りつけている。
フロント・シートには女が一人
手を顔にかざしてラジオの
古い唄を聴いている。
君は玄関先に立って、見ている。
君はその唄を耳にする。それはずっと昔のことだ。
君は顔に太陽を受けながらそれを思い起こそうとする。
でも君には思い出せない。
本当に思い出せないのだ。

セムラに、兵士のごとく勇ましく

作家ってどれくらい稼ぐの？　と彼女は
まず訊ねる
作家という人種に会ったのは
初めてなのだ
たいしたことないよ、と僕は言う
アルバイトだってやらなきゃならないし
どんなことするの？　彼女が訊く
製材所で働いたりさ、と僕は言う
床掃除したり、学校で教えたり
それから果実もぎとか
とにかくもう
なんだってやっちゃうさ
私の故郷《くに》じゃ、と彼女は言う

カレッジ出た人は
床掃除したりしないわよ
うん、最初はまあいろいろあるわけさ、と僕
ちゃんとした作家になるといっぱい稼げる
私のためにひとつ詩を書いて、と彼女が言う
恋愛詩《ラヴ・ポエム》を
全ての詩はラヴ・ポエムさ、と僕は言う
言ってる意味がわかんない、と彼女
うまく説明できないや、と僕
じゃあひとつ書いてみてよ、と彼女
いいとも、と僕
紙ナプキンが一枚／鉛筆が一本
セムラのために、と僕は書く
嫌ね、馬鹿、今はだめよ、と彼女は言う
そして僕の肩を噛む
僕はただちょっと試してみたのだ

あとでならいいの？　と僕は訊ねる
彼女の腿《もも》に手を置いて
あとでね、と彼女は言う
おお、セムラ、セムラ
パリの次には私、と彼女は言う
イスタンブールがいちばん素敵な都市《まち》だと思うな
オマル・ハイヤーム読んだことある？　と彼女が訊く
うん、もち、と僕は答える
一塊のパンとひと瓶のワイン
オマルのことならそりゃもう
隅から隅まで
カーリール・ジブラーンは？　と彼女
誰だって？　と僕
ジブラーン、と彼女
それ知らないね、と僕
軍隊のことどう思う？　と彼女が訊く

あなた軍隊に入ったことある？
いいや、と僕は言う
軍隊なんて知ったこっちゃないさ
ちょっと待ってよ、男たるもの
軍隊に入るべきだと思わないの？　と彼女は言う
まあそりゃもちろん、と僕は言う
そうあるべきだよな
私が以前に暮らした男は、と彼女は言う
男らしい男で
陸軍大尉だったわ
でも戦死しちゃったの
それはそれは、と僕は言う
サーベルを探し求めて
ぐでんぐでん
目もげっそりと落ちこんで
というところでテーブルの向こうから

ティーポットがとんできた
よう、ごめんよ、と僕は言う
ティーポットに向けて、じゃなくて
セムラに向けて、謝っちゃうのだ
糞ったれ、と彼女は言う
なんだってこんな男に
私はひっかかっちゃったんだろう

（訳註）　カーリール・ジブラーン（一八八三―一九三一）
レバノンの神秘主義者・詩人・劇作家・画家。一九一〇年米国に移住。

For Semra, With Martial Vigor

仕事を探そう

僕はいつも朝飯に
川鱒を食べたいと思っていた。

突然、滝まで行く新しい小径を
僕はみつける。

僕は急いで歩き始める。
起きなさいよ、

と女房が言う。
あなた寝ぼけてるのよ。

でも僕が起き上がろうとすると、

家が傾く。
寝ぼけてなんかいるもんか。
もうお昼よ、と女房が言う。
僕の新品の靴が戸口に置いてある。
ぴかぴかに光っている。

Looking For Work

乾杯

ウォツカを飲んで、それからチェーサーにコーヒー。毎朝
僕はドアに張り紙を出しておく。

昼休み

でもそんなもの、誰一人取り合わない。友達は
その張り紙を見て、
ときどきメモを残していく。
あるいは電話をかけてくる――出てこい、あそぼう
レイモオオンド。

一度息子が、あの糞ったれが
こっそりと入りこんで、色つき卵と

杖を置いていった。
あいつきっと僕のウォッカをちょっと飲んでいったと思う。
先週は女房が寄っていった。ビーフ・スープをひと缶と
涙をたっぷり手みやげに。
あいつもきっと一杯やっていったと僕は思う。
そして見たこともない男と一緒に
見慣れない車に乗ってさっさとどこかに行ってしまった。
あいつらにはわかってないんだ。僕がちゃんとしてることが。
僕はこうしてちゃんとしている。今にみてろよ
僕は、僕は、僕は……

僕はとことんゆっくりやってやるつもりだ。
何もかもを、奇跡さえをも考慮に入れること。
そしてまた警戒を怠らぬこと。今にもまして
注意深く、油断なく。
僕に罪を働くであろう者に対して、

僕のウォツカを盗み飲みするであろう者に対して、
僕に悪をなすであろう者に対して。

Cheers

ローグ川ジェット・ボート旅行、
オレゴン州ゴールド・ビーチ　一九七七年七月四日

一生思い出に残る旅行をお約束します、
彼らはそう言った。
鹿やらテンやらミサゴやらミック・スミスの
虐殺の跡なんかもありますし
——ミック・スミスというのは自分の家族を皆殺しにしてから
家に火をつけて自分も焼け死んだ男——
フライド・チキン・ディナーもついてます。
僕は酒をやめている。このために
君は結婚指輪をはめて五百マイルも車を運転したのだ。
自分の目でちゃんと確かめようと思って。
ここの光は眩しい。僕は胸いっぱい息を吸い込む。
ここのところの何年かは

何でもなかったんだ、あれはちょっとした
夜間輸送みたいなものだったんだという風に。
僕らはジェット・ボートのへさきに座っている
そして君はガイドとちょっとおしゃべりをしている。
何処からいらっしゃったんです、と彼は訊くが、
僕らが困っているのを見て、自分の方まで
困ってしまって、じつは私の目、片方が
義眼なんですが、どっちが悪いか当ててみてください、と言う。
彼の自前の目は（左目だが）茶色で、
きょろきょろと活発、何ひとつ
見逃さない。ちょっと前なら僕は
その目をえぐり出してやったところだ。それが
温かくて、若々しく、活発であり、
それから君の胸をちらちら見てたから。
でも今では僕にもよくわからない。なにが僕のもので
何がそうじゃないのかが。

僕にわかっているのは、自分が今はもう酒をやめたって
いう、それだけ。まだそのことが辛いし、
体も弱ってはいるけれど。エンジンがかかる。
ガイドは舵輪をとっている。
両側でさっと水しぶきが上がる。
そして僕らは上流へと向かう。

Rogue River Jet-Boat Trip, Gold Beach, Oregon, July 4, 1977

II

君は恋を知らない（チャールズ・ブコウスキー、詩の朗読の夜）

君らは恋がどういうものなのか知らんのさとブコウスキーは言った
俺は五十一になるけどな
若い娘に恋をしている
俺だって惚れてるけど、向こうも引くに引けなくなっちまってんだ
でもいいんだ恋ってのはそういうもんだものな
俺は女たちの心にしっかりと入りこんでいるから
俺をそこから放り出すことなんてできない
みんな必死になって俺から逃げだそうとするが
結局はみんなまた戻ってくるんだ
俺が捨てた一人の女を
のぞいてね
その女のことでは俺も泣いたさ
といっても若いころはなんのかんのと泣いたもんだからね

おい強い酒は勘弁してくれよな
強いのが入ると俺は荒れるんだよ
俺はこうしてビールを飲《や》りながらだと
君たちヒッピー連中と一晩だって話してられるし
こんなビール十クォート飲んだところで
水みたいなもんさ
でも俺に強いの飲ませてみなよ
俺は片っ端からまわりの人間を窓の外に放り出しちまうぜ
どいつもこいつも窓から放り出しちまうんだ
本当にそうしちまったことあるんだぜ
君らは恋のなんたるかを知らんのさ
一度も恋なんかしたことないから
わかりっこないんだ。それだけのこと
俺は若い娘を手に入れた、べっぴんなんだぜ
彼女は俺のことブコウスキーと呼ぶんだ
小さなかわいい声でねえブコウスキーってさ

何だいと俺は言う
しかし君らには恋というものがわかるまい
こうやって教えてやっていても
君らの耳にはそんなもの届くまい
ここにいる君らの誰ひとりとして
恋がすぐそばまで近寄ったとしても気づくまい
たとえ尻《けつ》の中につっこまれたとしてもさ
俺は以前《むかし》詩の朗読というのは変節だと思ってた
俺はもう五十一でいろいろと目にしてきたけど
たしかにありゃ変節さ
でも俺は自分に言いきかせるんだ、おいブコウスキー
飢えるっていうのはもっとひどい変節だぞ
というわけでまあかくのごとく世の中うまくいかんもんさ
このゴールウェイ・キネルっていう御仁
雑誌の写真でみるかぎり
なかなかの男前ときてるんだが

なんせこいつは学校《がっこ》の先生
やれやれ、まったくねえ
といっても君たちも先生なんだな
ようなんだか君たちの悪口言ってるみたいだなあ
いやそいつの話は聞いたことない
その男も知らんなあ
みんな白蟻みたいなもんさ
たぶん俺があまり本を読まなくなったのは俺のエゴのせいだろう
でもな五冊か六冊本を出して有名になった奴らなんてみんな
白蟻
ねえブコウスキーって彼女は言う
どうして一日じゅうクラシック・ミュージック聴いてるの
彼女そんなこと言うんだぜ
ねえブコウスキーどうして一日じゅうクラシック・ミュージック聴いてるのってさ
ちょっと驚かないか
俺みたいなヤクザが

一日じゅうクラシック・ミュージック聴いてるなんてさ
ブラームス　ラフマニノフ　バルトーク　テレマン
糞ったれここじゃ何も書けねえや
静かすぎるし木がいっぱいありすぎる
俺は都市《まち》が好きだねぜったい
朝になるとクラシック・ミュージックをかけてさ
タイプライターの前に座る
葉巻に火をつけて　ほらこんな風にさ
それでおいブコウスキーお前はラッキーな男だぜって自分に言うんだ
おいブコウスキーいろんなことがあったけど
お前はラッキーな男
青い煙がテーブルの上を流れ
それで俺は窓の外のデロングプリ・アヴェニューを眺める
人々は通りを歩いている
それで俺はこんな風に葉巻の煙を吐いてさ
葉巻を灰皿に置いてさ

深く息を吸いこんでさ
それから書きはじめるんだ
おいブコウスキーこれが人生だと俺は言う
貧乏で痔もちってのもいいもんだ
恋してるってのもいいもんだ
といってもそれがどんなもんだか君らにはわかるまい
恋というのがいったいどんなものなのか
彼女を見たら俺の言ってることわかってもらえるかな
彼女俺がここに来て誰かと寝るんじゃないかと思ってんだ
わかってるのよと奴は言う
ちゃんとわかってるんだからってさ
よう俺は五十一であいつは二十五
それで俺たちは恋をしていてあいつはやきもちやき
素晴らしいじゃないか
もしここで女と寝たりしたら目の玉ひっかき出してやるからと彼女言うんだ
それが恋というもんさ

君らのうちの一人として恋というものを知ってるかね
そうそうそういえば
俺が刑務所で会った連中は
そのへんのカレッジでごろごろしてたり
詩の朗読会に来るような奴らより
人間としてずっとマトモだったね
朗読会に来る奴らなんてみんな蛭みたいなもんさ
詩人の靴下は汚いんじゃねえかとか
わきががにおうんじゃねえかとか
そんなこと考えてるような奴らさ
でも大丈夫、ご期待にちゃんと添ってやるよ
ただこのことだけは覚えといてくれ
今夜この部屋の中にはたった一人の詩人しかいない
この町にもたった一人の詩人しかいない
たぶん今夜この国じゅうをとってみてもまともな詩人はたった一人しかいない
それはこの俺様だ

君らが人生の何を知るというのか
君らはなんにも知るまい
君らのうちに仕事をクビになったものがいるか
女をぶちのめしたものがいるか
女にぶちのめされたものがいるか
俺はシアーズ・アンド・ローバックを五回クビになったぜ
奴らは俺をクビにしてそのたびにまた雇いなおすんだ
三十五のときに俺は倉庫係をしていて
クッキーを盗んだかどでクビになった
ああいうところにいるというのがどういうことなのか俺は知ってる
いま俺は五十一で恋をしている
俺のかわいいあの娘はこう言う
ねえブコウスキー
なんだいって俺は言う彼女は言う
あんたって特大の糞ったれだわね
それで俺はベイビーお前頭いいぜって言うんだ

あいつはたった一人の女
男であれ女であれ
俺にそんなこと言えるのはあいつ一人
しかし君らに恋がどんなものかわかるもんか
奴らはみんな俺のところに戻ってくるんだ
一人残らず戻ってくる
俺が捨てた
たった一人の女をべつにすればな
その女とは七年暮らした
俺たちは昔どうしようもない酔っ払いだったんだ
この部屋には二人のタイプ打ちがいるが
詩人の姿は見えないね
でも俺は驚きゃしない
詩を書くためには恋をしなくちゃならんというのに君らは
恋することのなんたるかを知らんのさ
それが問題なんだ

ちょっと酒くれよ
うん氷はいらない
そうそれでいいや
さあショーをおっぱじめようぜ
心配するなってほんのひとくちさ
うんうまい
さてじゃあそろそろやっちまうとするか
だけど終わったら
窓の前には立たないようにしてくれないかな

（訳註）　チャールズ・ブコウスキー（一九二〇―一九九四）ドイツ生まれの詩人・小説家。二歳の時にロス・アンジェルスへ移住。豪胆で荒々しい作風で知られる。

You Don't Know What Love Is（*An Evening With Charles Bukowski*）

III

朝に帝国を想う

カップのエナメル縁に僕らは唇をつけ
そしてコーヒーの上に浮いている脂がいつか
僕らの心臓を止めるであろうことを知る。
目と指が銀器の上に落ちるが、
それは銀じゃない。窓の外では、波が
旧市街のそげおちた壁を打っている。
君の両手が粗いテーブル・クロスの上にあげられる。
まるで予言でもするみたいに。君の唇は小さく震え……
未来なんて知ったことか、僕はそう言いたい。
僕らの未来は午後の底深く沈んでいるのさ。
狭い通りには荷馬車に乗った男がいる。
男は僕らを見てちょっと考えて、
それから首を振る。一方僕は

見事なレグホーン鶏の卵をこつんとクールに割る。
君の目には薄膜がかかっている。君は僕から顔をそらせて
家々の屋根越しに海を見る。蠅どもでさえしんとしている。
僕はもう一個卵をこつんと割る。
うん、たしかに僕らはお互いをすり減らしてきたんだね。

Morning, Thinking Of Empire

青い石

私がその石を青いと言うとき、それは青いというのが
正確な言葉であるからなのだ。私を信じてほしい。
フロベール

君はラヴ・シーンを書いている
エンマ・ボヴァリーとロドルフ・ブーランジェとの間の。
でもそこでは愛《ラヴ》なんて問題になってない。
君は性欲について書いている。
一人の人間がもう一人の人間を所有したいと焦がれる想い
その最終的目的は性交すること。
愛なんて関係ないんだ。
君は何度も何度もそのシーンを書き直す、
勃起して
ハンカチーフにマスターベーションするまで。

それでも、君は机から何時間も
立ち上がらない。君はそのシーンを書き続ける。
飢えや、盲目的なエネルギー――
それが性欲というもの――について。
激しい勢いで結末へと傾斜。
そして結局のところすべては灰燼に帰してしまう。
そこに抑制というものがなければ。だって性欲だ、
抑制つきの性欲にいったい何の意味がある？

君はその夜、水辺を歩いている。
君の話し相手であり友である、エド・ゴンクールと一緒に。
君はこう言う、最近ラヴ・シーンを書いていると
机に座ったまま
マスターベーションできるんだ、と。
「そういうのって、愛とは関係ないんだ」と君は言う。
君は葉巻を吹かせ、ジャージーのくっきりとした眺めを楽しむ。

潮は砂利浜の向こうまで引いている。
そして地上の何をもってしてもその動きを阻むことはできない。
つるりとした石を君はひろいあげて、じっと見る。
月光の下ではそれは海の青に染まっている。
翌朝ズボンのポケットから出してみると、
それはまだ青いのだ。

——妻に

The Blue Stones

テル・アヴィヴと「ミシシッピ川の生活」

今日の午後くらいミシシッピ川が——
焼きつける太陽のしたに勢いよく泡立ち
あるいは星明かりのしたにひっそりと漣《さざなみ》を立て
危険な倒木を突きだして
蒸気船を狙うその川が——
ミシシッピ川が今日の午後くらい
遠くに見えたことはない。

暗闇の中を、プランテーションが過ぎゆき、
ジョーンズ埠頭が松林のなかから
降ってわいたように現れる
そしてここトウェルヴ・マイル・ポイントでは
グレイ農場の支配頭が霧の奥から出てきて

ニュー・オーリアンズからの手紙の束や、みやげものや
なにやかやを受けとる。

あなたの愛した水先案内人のビクスビーは
煙をあげ、燃えたっている。
ろくでもねえ、畜生め！　彼はひっきりなしにあなたにあたりちらす。
ヴィックスバーグ、メンフィス、セント・ルーイ、シンシナティー
外輪船の水かきがおどり、船は一路上流へと
濁り水をはね、風をきって進んでいく。

マーク・トウェイン、あなたは目を見ひらき、耳をすませ、
あとで本に書こうと、なにもかもを
きちんととっておくのだ。
自分の名前さえもそこからとっている
二尋四分の一《クォーター・トウェイン》、二　尋《マーク・トウェイン》
というようなことは小学生だって知ってるけれど

でも一人だけ知らない奴もいる。

わたしは両脚を手すりの向こうにだらんと垂らし
日かげのなかで、身を後ろに倒し
まるで舵輪みたいに本をつかんで
汗をかきかき、人生の無駄づかい
下の方の原っぱでは
どこかの子供たちが言いあらそい
それからおたがいを激しくひっぱたきあっている。

Tel Aviv And Life On The Mississippi

マケドニアにニュースが届く

インダスと呼ばれている
　川の岸辺で今日
我らは豆の一種を
観察しました
　それはエジプト豆に似ております
　そしてまた
上流では鰐の存在も報告されました
山の斜面にはミルラと蔦が一面に
　繁っています
　　彼は信じております
我らはナイル川の源流に
たどり着いたのだと
　我らは

生贄を捧げ
この場にふさわしい
　　競技を行います
ものみな祝賀に沸きたち
　　　兵士たちはこれでやっと
　　故国に帰れるのだと思っております
かの使者たちの献上した
象なるものは
　　巨大にして
まこと恐ろしき獣なるも
　　昨日は彼、笑みを浮かべ
梯子をかけて
　　　その獣の背中に
　　上りました
兵士たちは
　　　　彼にやんやの喝采を送り

彼も手を振って、またもや
　喝采の嵐でありましたが
彼が川の向こうを指さしたるに及んで
　兵士たちは黙りこんでしまいました
工人たちは
朝の川べりで
　巨大な筏の製作に
　　立ち働いております
我らはふたたび東方に
　顔を向けているのです
今宵
　　風吹き　　鳥たちは
空を覆って
　まるで鉄と鉄とを合わせるように
嘴をかちかち鳴らしています
風は

やむことなく
背後の地より
ジャスミンの芳香を運んできます
風は野営地を
吹き抜け
ハタエリの天幕を
揺すり
眠れる兵士たちの
ひとりひとりに触れていきます
よーい、よーい!
と兵士たちは寝言に
叫びをあげ、馬どもは
耳を立てて、ぶるぶると
体を震わせます
あと数刻ののちには
日の出とともに

ものども皆目覚め
風の行方をたどるのです
さらに東へと

The News Carried To Macedonia

ヤッファのモスク

私はミナレットの手すりから身を乗り出す。
頭がくらくらする。
数歩後ろには私の
裏をかこうとしている男がいて
まず街の案内から始める――
あれが市場 教会 刑務所 娼婦宿
殺されたんです、と彼は言う
言葉は風に消えてしまうが
その指は自分の喉を掻き切る真似をする
私にそれがわかるようにと。
にやっと彼は笑う。
大事な言葉は飛んでいってしまう――
トルコ人 ギリシャ人 アラブ人 ユダヤ人

一人の美しい女を
彼らは交易し崇拝し愛し殺害する。
そのような愚行に対して彼はもう一度にやりと笑う。
彼は、私にじっと見られていることを知っている。
それでも彼は何事もないように口笛を吹いている
階段を下りはじめ
その狭いらせん形の暗闇の中で
ぶつかりあい
息とからだを混じり合わせながら。
階段の下では彼の友人が車を停めて
待っている。我々はみんなで煙草に火をつけ
次に何をしようかと考える。
車に乗り込むころには時間はもう尽きようとしている
彼の黒い瞳の中の光と同じように。

The Mosque In Jaffa

ここから遠くないところで

ここから遠くないところで誰かが
僕の名を呼んでいる。
僕は床の上に跳び下りる。

でも、こいつは罠かもしれないぞ
気をつけろ、気をつけろ
僕は布団の下のナイフを探す。

でも僕が後手をとったことを神に呪う
間もなくドアがばたんと開き、
長い髪の小さな女の子が
犬を連れて入ってくる。

何だよ、君。（我々はどちらも
震えている）何の用だね？

でも彼女の舌はぽかんと開いた口の中で
ただぱたぱたと上下して
喉からは言葉にならない音が出てくるだけ。

僕は近くに寄って、ひざまずき
彼女の小さな唇に耳をつける。
僕が立ち上がると——犬がにやりと笑う。
ねえ、いいかい、私は遊んでいる暇なんてないんだ。
ほら、これ、と僕は言う——そしてスモモを一つやって
彼女を追いやる。

Not Far From Here

夕立

・

雨がさあっと石畳を叩き
老人たちはロバを雨宿りへと追い立てる。
ぼくらはロバよりも愚かしく、雨に打たれて
大声で、雨の中を行きまどい、文句たらたら。

・

雨がやむと、それまで軒先で静かに
煙草なんか吸って雨宿りしていた老人たちは

ふたたびロバを追い立てて丘を登っていく。

•

そのあとを、終始そのあとを、ぼくはついて登る。
　その狭い小径を。
ぼくはきょろきょろとあたりを見る。ぼくは石畳にかたかたかたかたと音を立てる。

Sudden Rain

バルザック

私はナイト・キャップをかぶったバルザックの姿を思い浮かべる
机に向かって三十時間ばかり仕事をしたあとだ
顔からはもやみたいなものがたちのぼっている
寝巻着の裾をその毛深い脚に
絡みつかせ
体をぽりぽりと掻きながら
開いた窓の前を
うろうろ歩きまわる。
外の大通りでは
債権者たちのむっくりとした白い手が
髭やネクタイを撫でている
若い御婦人たちはシャトーブリアンのことを夢見て
若い紳士がたとそぞろ歩き、そのそばを

空の馬車がかたかたと通り過ぎ、車軸油や
革の匂いを残していく。
まるで巨大な牽き馬のごとくバルザックは
あくびをし、鼻を鳴らし、どすどすと
便所まで歩いていって
寝間着の前をぱっとはだけて
十九世紀初期の
しびんめがけて威勢よく
小便をする。レースのカーテンがそよ風を
捉える。ちょっと待て！　寝る前に
あと一場だけ書いておこう。机に戻ると
彼の頭はじゅうじゅうと音を立て——そのペン
そのインク壺、そのちらかった原稿。

Balzac

田園事情

背の高い草のあいだを、少女がひとり自転車を押していく。
引っくり返ったガーデン椅子のあいだを、くるぶしまでの
水の中を。把っ手のないカップがいくつも
泥水の中に浮かんで、細かいひびの入った
磁器の受け皿も。
二階の窓のダマスク織りのカーテンの後ろでは
執事の淡青色の瞳がその姿を追う。
彼は呼びかけようとしている。
黄色いノートペーパーの切れ端が
冬の風にはらはらと舞うのだが、
少女は振り向きもしない。
コックは出かけていて、誰ひとり聞くものはいない。
それから二つのこぶしが窓枠の上に現れる。

彼は身を乗りだして耳を傾ける
その小さな囁きに、そのとぎれとぎれの物語に
その言い訳に。

Country Matters

この部屋のこと

たとえばこの部屋のことだよ
下で待っているあれは
空っぽの乗合馬車かな?

約束してくれ、約束を
僕のたっての願いを聞いて
誰にも何も言わないと

僕はパラソルのことを覚えているよ
海岸の遊歩道のことも
それからこれらの花のことも……

ずっと奥にひそんでいなくてはならないのだろうか

耳を傾け、煙草を吹かせ
遥か先の物事をまたあてもなく書き綴りながら？

僕は煙草に火をつけ
窓のシェードを調節する
表通りの騒音は
どんどんどんどんどん弱まっていく

This Room

ロードス島

•

僕は花の名を知らないし
木のこともよく知らない。
でも僕は広場に座って
パピソストロスの煙の雲の下で
ヘラス・ビールを飲んでいる。
どこかその辺にアポロンの巨像があって
あらたなる芸術家なり
あらたなる地震なりを待っている。
でも僕にはべつに野心はない。
僕はここにじっとしていたい。正直な話。

でも僕は丘の上のホスピタル騎士団の城の
まわりで飼われている鹿たちと
遊んでいたいなあと思う。
それはとても美しい鹿たちで
そのすらりとしたお尻は白い蝶たちの来襲に対して
はたはたと揺れる。

•

はるか上の城の胸壁で、背の高いしゃきっとした
人影がじっとトルコの方を見はっている。
温かい雨が降り始める。
孔雀は尻尾についた水滴を振り落とし
屋根の下に向かう。
モスレムの墓地では猫が眠っている。
二つの石の間の壁龕《へきがん》で。

そろそろカジノでも
のぞいてみようかとも思うのだが
僕は正装をしていない。
船に戻って、寝支度をし
横になって思い出す
僕はロードス島にいたんだと。
でもそれだけじゃないんだな——
僕はルーレット係が叫んでいる声を聞く
さんじゅうに、さんじゅうにです、と。
そうしながら僕の体は海上を飛び、
僕の魂は、まるで猫みたいにうまくバランスをとって、宙に浮いている——
そして眠りの中にさっと飛び込むのだ。

Rhodes

紀元前四八〇年の春

我が二百万の軍勢を
嵐を起こして足留めするなどヘレスポントの
海峡は無礼千万なりと
怒り心頭に発してクセルクセス王は
荒れ狂う海原に三百の
笞打ちを命じたと
ヘロドトスは書いている
それも一対の
足枷を海に投げ込んで
それからこてで焼き印を押した
またその上にだ。
目に浮かぶようじゃないか
このニュースがアテネでどのように

受け止められたかが。なにしろペルシャ軍が進撃中ということなのだよ。

Spring, 480 B. C.

クラマス川近くで

僕ら、ドラム缶の火のまわりに立って
その包みこんでくれる純粋な熱気の中
からだを温める。
手やら顔やら。

僕ら、湯気立てるコーヒーカップを
両手で持って口に運び
飲む。でも僕ら、鮭

釣りの漁師である。そして今僕ら、雪の上で岩の上で
ばたばた足を踏み鳴らし、上流へ移動する。ゆっくりと
心、愛に溢れ、その静かなたまりへと向かう。

Near Klamath

秋

庭いっぱいに並んだ家主の中古車は
べつに邪魔じゃない。家主そのものも
べつに邪魔じゃない。彼は一日じゅう金敷の
上にしゃがみこんでいるか
あるいはアーク溶接機の
青い炎に包みこまれているかだ。
　　でも彼は僕のことを気にしていて、
ときどき仕事の手を休めて窓越しに僕に向かって
にっこりと笑いかけ、うなずく。彼は
自分の伐採機具を僕の家の居間に置いていることを
詫びさえする。
　　しかし僕と彼はずっと友達。
すこしずつ日差しが弱くなり、そして僕らは

ともに春へと向かっているのだ。
水嵩を増した川へと、若鮭《ジャック・サーモン》へと、
川を遡ってくるニジマスへと。

冬の不眠症

頭が寝つけない。目を覚まして横になって
貪り食うだけ。最後の突撃に向けて集結しているみたいな
雪に耳を澄ませながら。

ここにチェーホフがいて、なにかしてくれたらなあ
とそれは願う。カノコソウを数滴、あるいはバラ香水を
一杯——なんだっていいのだ、べつに。

頭はここを出て雪の上に行きたいと
思っている。それは駆けたがっている。
歯をむきだしにした毛だらけの獣の群れとともに、
月明かりの下を、雪原を横切って、足跡も

においも、何ひとつあとには残さず。
今夜精神は病んでいるのだ。

Winter Insomnia

プロッサー

冬になるとプロッサーの郊外の丘には二種類の
野原ができる。ひとつは新緑の小麦の畑、夜のうちに
一条の麦が耕作地にむっくりと顔を出し、
じっと時を待つ。
それからまたむっくりと持ち上がり、芽ぐむのである。
雁たちはこの緑の麦が好物だ。
僕も一度食べてみた。どんな味がするんだろうと。

それからもうひとつ、川にまでずっと刈り込まれた麦畑が続いている。
こちらの方はすべてを失った畑である。
夜になると、彼らは若き日を回想しようとするのだが、
その呼吸はあまりに遅く、不規則である。
暗い畝に沈みこんでいく彼らの命さながらに。

雁たちはこのうらぶれた麦もまた好物なのである。
そのためなら命だって惜しくない。

でもすべては忘れられていく。ほとんどすべてのものが。
それもあっというまに、ああ神様――
父親たち、友人たち、彼らは人生に現れては
また去っていく。何人かの女はしばらくは
留まるけれど、やはり行ってしまう。そして畑は
背中を向けて、雨の中にその姿を没している。
みんな行ってしまう。プロッサー以外は。

夜に何度も、その何マイルもの麦畑を車で抜けた
　ものだったが――
カーブのところでヘッドライトが畑をさあっと舐める――
その町、丘を越えながら見るプロッサーは明るく輝いている。
ヒーターはかたかた音を立て、骨の髄まで疲れている。

僕らの指にはまだ火薬の匂いがついている。
父さんの、顔はろくに見えない。彼は目をそばめて
フロント・ガラスの奥をじっと睨み、そして言う、プロッサーだ。

夜になると鮭は

At Night The Salmon Move

夜になると鮭は
川を出て街にやってくる
フォスター冷凍とかA&Wとかスマイリー・レストランといった場所には
近寄らないように注意はするが
でもライト・アヴェニューの集合住宅のあたりまではやってくるので
ときどき夜明け前なんかには
彼らがドアノブをまわしたり
ケーブル・テレビの線にどすんとぶつかったりするのが聞こえる
僕らは眠らずに連中を待ちうけ
裏の窓を開けっぱなしにして
水のはね音が聞こえると呼んでみたりするのだが
やがてつまらない朝がやってくるのだ

カウィッチ・クリークで、伸縮式竿を手に

ここで僕の確信は失せてしまう。　僕は方向という方向を
なくしてしまう。　川の流れの上には
毛針がある。　僕の思いは
クリークの対岸の森の空き地にいる
ライチョウみたいにぶるぶると震える。

突然、合図でもあったみたいに、鳥たちは
音もなく松林の中に消えていく。

With A Telescope Rod On Cowiche Creek

女病理学者であるプラット博士に捧げられた詩

•

昨夜夢の中で司祭が一人僕のところにやってきました。
手に白い骨を持って。
白い手に白い骨を持っているんです。
彼は柔和な人でした、
指に水かきのあるマコーミック神父なんかとは違って。
僕は怖いとは思いませんでした。

今日の午後、メイドたちがモップと消毒薬を持ってやってきます。メイドたちは僕がそこにいないふりをして、僕のベッドをあっちやったりこっちやったりしながら月経周期の話をしています。出ていく前に彼女たちは抱き合います。だんだんと部屋が枯れ葉で埋まっていって、僕は怖い。

•

窓が開いてます。陽光。
部屋の向こう側でベッドがきい、きい、と鳴ります。
性交しているその重みで。
男が咳払いします。外では

•

スプリンクラーの音が聞こえます。僕は自分を空っぽにし始めます。
窓の外を緑色の机が漂っています。

•

僕の心臓はテーブルの上に載っています、ずるずると限りなく
連なった腸を彼女が指で掻き回しているあいだ。これは
愛情のパロディーですね。
まあこれらの考察はさておき、
この何年かにわたる極東における冒険の末に
僕はこれらの手と恋におちたのですよ。しかし
想像を絶して寒いんだな。

Poem For Dr. Pratt, A Lady Pathologist

ウェス・ハーディン、一枚の写真から

古い写真を集めた本を
　ぱらぱらとめくっていたら
一枚の無法者の写真があった
　ウェス・ハーディン、死んでいる。
口髭をはやした、大きな男で
　黒いスーツコートを着ている
テキサス州アマリロの
　板張りの床に大の字。
頭は写真機に向けられ
　顔には
傷がついているみたいだし、髪は
　くしゃくしゃ
弾丸が後ろから頭に

　入ってきて
右目の上あたりに小さな
　穴を開けて出ていった。

面白いことなんて何もないはずなのに
　数フィート離れたところに立っている
つなぎ服を着た三人のみすぼらしい男たちは
　にやにや笑っている。
みんなライフルを持っていて
　端っこにいる奴は
無法者のものとおぼしき帽子を
　かぶっている。
その他の何発かの弾丸が
　あちこちに命中している。
死んだ男の着ている
　――というか着ていた

上等そうな白いシャツの下に。
　　でも僕がそんなに熱心に見ている理由は
そのすらりとした華奢な
　　右手にぽっかりと開いた黒くて
　　　　　　　　大きな弾痕。

Wes Hardin : From A Photograph

結婚

自分のキャビンの中で、僕らは牡蠣フライと揚げポテトを食べ、デザートにレモン・クッキーを食べる。テレビではキティーとレヴィンが結婚へと進展する模様。丘の上方のトレイラーの男、我らが隣人は何度かの刑務所のおつとめを終えたばかり。

彼は今朝細君と二人ででかい黄色の車に乗り、ラジオをがんがんかけながら庭にやってきた。

車を停めると細君がラジオを消し、それから二人でゆっくりと自分たちのトレイラーまで歩いていった。ひとこともきかずに。

早朝のことで、小鳥たちも起きて囀っていた。

しばらくして男が椅子をはさんでドアを開け放ち春の空気と光を中に入れた。

今は復活祭の日曜日の夜、
そしてキティーとレヴィンはついに結婚した。
思わず涙ぐんでしまうほどだ。その結婚や
そのまわりの様々なる人生。僕らは相変わらず
牡蠣を食べながら、テレビを見ている。
登場人物の見事な服やら息をのむ上品さについて
語り合いながら。あるものは
不倫の重圧やら愛するものとの別離に
苦しんでいるし、次に用意されている
むごい運命の変転のあとに破滅が訪れることを
彼らは承知のはず。
次々にやってくる運命の
　変転。

犬が吠える。僕は立ってドアの鍵を確かめる。
カーテンの向こうにトレイラーの列と

ぬかるんだ駐車場が見える。見ている間に
月は西へと滑るがごとく移り、完全武装して、
僕の子供たちを捜し求めている。我らが隣人は
一杯機嫌ででかい車に乗りこみ、エンジンをぶるんぶるんと
空吹かしさせて、またどこかに出かける。いかにも
自信たっぷりに。ラジオからはがんがんと
景気のいい音楽。彼らが行ってしまうと、あとには
いくつかの小さな銀色のたまり水が震えているだけ。
どうして自分たちがこんなところにいるのか
全然わからないまま。

Marriage

もうひとつの人生

今はもうひとつの人生のために。過ちというもののない
人生のために。

ルー・リプシッツ

私の妻はこの移動式住宅のあっちがわの半分にいて
私に対して訴訟を起こしている。
彼女のペンがかりかりかりかりという音を立てている。
時おり妻は手をやすめてすすり泣く、
そしてまた――かりかりかり。

霜が地上から溶けて消えていく。
このユニットの家主が私に言う、
ここにあんたの車を停めないでくださいね。
私の妻は書いては泣いて、

泣いては書いている。我々の新しいキッチンで。

The Other Life

癌患者としての郵便配達夫

家の中を毎日うろつき回りながら
郵便配達夫はにこりともしない。彼はすぐに
疲れるし、体重もどんどん減っている。
それだけのことさ。仕事もとっておいてくれるはずだし。
だいいち、彼には休養が必要なのだ。
でも彼は何も知らされないだろう。

空っぽの部屋から部屋へと歩きながら彼は
とんちんかんなことを考える。
トミーとジミーのドーシー兄弟のこととか、
グランド・クーリー・ダムでフランクリン・D・ローズヴェルトと
握手することとか、
彼がいちばん好きだった新年パーティーのこととか。

そういうのが本一冊書けるくらいいっぱい。
彼はそれを細君に話すが、この細君も
まだ働きつづけてはいるものの
負けず劣らずとんちんかんなこと考えている。
でもときどき夜に彼は
夢を見る。ベッドから起き上がって
服を着て外に出て
喜びに打ち震えている夢を……

彼はそういう夢を憎む。
目が覚めたときには
もうそのかけらひとつ残っちゃいないからだ。まるで
これまで何処にもいかず、何もやらなかった
そんな気がするのだ。
そこに存在するものは部屋と
太陽の姿の見えない朝と

ドアの把っ手が
ゆっくりと回る音だけ。

ヘミングウェイとW・C・ウィリアムズのための詩

三匹の鱒が
　鉄橋の下の
静かなたまりを
　うろうろしている。
二人の友達が
　ゆっくりと線路を
歩いてやってくる。
　その一人は
もとヘヴィー級ボクサーで
　古いハンティング帽を
かぶっている。
　彼は殺したがっている
つまりその魚をだ。

　釣って・食べちまおう。
もう一人は
　医者なのだが、
その見込みのなさが
　彼にはわかっている。
そこの澄んだ水に
　ずうっと
魚たちは
　うろうろさせておくのが
いちばんと思っている。
　二人は歩き続ける。
でも彼らは
　それについてまだ話している。
上流の方の
　ぼんやりとかすんだ木立・
野原・光の中に

消えていきながら。

Poem For Hemingway & W.C. Williams

拷問

スティーヴン・ドビンズに

君はまた恋に落ちている。今回は
南アメリカの将軍の娘だ。
君はまた拷問台にかけられたがっている。
君はひどい言葉を投げかけられたがっている。
それらが真実であることを認めたがっている。
君は求めているのだ。口には出せないようなことが、まともな
人々が教室の中では語り合ったりしないようなことが
君の肉体に対してなされることを。
君はみんなに話したいと思っている。君が
シモン・ボリヴァールやホルヘ・ルイス・ボルヘスや、とりわけ
君自身について知っていることを。
君は誰も彼もをその中に巻き込みたいと思っているのだ！

たとえ今が午前四時であるとしても
灯がまだ燃えているとしても――
それらの灯はこの二週間というもの夜もなく昼もなく
君の目のなか頭のなかで燃えつづけてきたのだ――
そして君は煙草とレモネードに飢えている。でも彼女はその灯を消さない。その
緑の瞳の、ひと癖ある女、
でもそれでも、君は彼女のガウチョになりたいと思う。
空っぽの水さしに手をのばしながら
君は想像する、私と踊って、と彼女が言うところを。
私と踊ってと彼女はもう一度言う。間違いない。
彼女はこの瞬間をとらえて君を誘う、ねえあなた、
立ち上がって私と踊ってくださいな、まっ裸で。
いや駄目だ、君にはもう落ち葉ほどの強さも残っていない。
チチカカ湖の波に打たれた
小さな葦の籠ほどの力も残ってはいない。
でも君はそれにもかかわらず

ベッドから跳ね起きて、アミーゴ、君は
その広い場所で踊りをおどるのだ。

Torture

うき

ワシントン州ヴァンテージ近くの
コロンビア川で、ホワイト・フィッシュを釣った。
冬のことだ。父さんと、リンドグレンさんという
スウェーデン人と、僕とで。彼らはベリー・リールを使った。
鉛筆型おもりや、ごかいをつけた
赤や黄色や茶色の毛針を。
彼らは距離をとって、早瀬の端のほうまで
離れることにした。
僕は岸の近くで、羽柄のうきと籐の竿を使って釣りをした。

父さんはごかいが死なないように下唇の裏で
それを温めていた。リンドグレンさんは酒を飲まなかった。
僕は一時期、父さんより彼の方になついていた。

彼は僕に車を運転させてくれたし、僕の「ジュニア」という名をからかった。そしていつか君も立派な大人になって、こういうことをしっかりと覚えていて、自分の息子と一緒に釣りをするんだろうね、と言った。でも、僕の父さんは正しかった。つまり彼はそのあいだ何も言わずにじっと川を見て、餌のうしろで、まるで考えをめぐらすかのようにもそもそと舌を動かしていたのだ。

Bobber

チコからハイウェイ99Eに乗って

マガモは地上に下りて夜の眠りに
ついている。そしてぼそぼそと寝言を言いながら
メキシコやホンデュラスの夢を
見ている。ミズガラシは
用水路の中でこっくりとうなずき
水草はクロドリたちの重みで
前にかしいでいる。

水田は月の下にほのかに浮かび
濡れた楓の葉っぱさえもがしっかりと僕の車の
フロント・グラスに張りついている。
ねえメアリアン、僕は幸福だ。

Highway 99E From Chico

クーガー

ジョン・ヘインズとキース・ウィルソンに

一度クーガーを失われた谷に追ったことがある。
コロンビア川の山あいの外れ、クリッキタットの町と川のそば、
狭い峡谷だ。僕らの銃にはライチョウ用の弾丸が入っていた。十月で
灰色の空がオレゴンにまで、またその向こうのカリフォルニアにまで
のびていた。僕らの誰もカリフォルニアにいったことは
なかった。でもそこがどんなところか僕らは知っていた。そこにある
レストランでは
なにしろ食べたいだけ何度でもおかわりをさせてくれるのだ。

僕はその日一匹のクーガーを追跡していた。
クーガーの風上でどたばた音を立てているのを
追跡と言えればだけど。あるいはまた煙草を

次から次へと吸っていたりするのを。ただでさえ神経質で汗をかきやすい太った子供だったのにその日はなにしろクーガーを追っているんだから……

それから僕はその居間でふらふらに酔っていた。なんとかそれを言葉にしようと、その記憶をもとに悪戦苦闘していた。君たち二人がクロクマについての経験談を披露してくれたそのあとで。

そして突然僕はあのぱっとしない州の、あの峡谷に戻っていた。もうずっと長いあいだそんなこと思い出しもしなかったのに。あの日僕がどんな風にクーガーを追ったかなんて。

そして僕はその話を語った。あるいはなんとか語ろうとした。ヘインズと僕とはぐでんぐでん。ウィルソンはじっと耳を傾けこう言った。それは本当に山猫ではなかったんだね？

あんまりな言い方じゃないかと僕は内心思った。彼は南西部から来た詩人で、その夜に朗読をやった。
でもどんな阿呆にだってクーガーと山猫の違いくらいわかる。
僕みたいな飲んだくれの作家にだってわかる。
何年もたって、カリフォルニアのヴァイキング料理店にいたって。
あろうことか、そのときにクーガーはするりと茂みの中から姿を見せ
僕の真ん前に——神様、それはなんとでかく、美しかったことか——
岩の上に跳び乗ってこちらを向き
じっと僕を見た。僕を見たのだ。僕も撃つことなんか忘れ
そいつを見ていた。そいつはやがてまたひょいと跳んで
僕の前から永遠に姿を消してしまった。

流　れ

これらの魚は目を持たない。
私の夢に現れては私の脳味噌のくぼみに
魚卵や魚精を撒きちらしていく
これらの銀色の魚は。

でもその中に一匹――重くて、傷がついて
じっと黙っているところは他のものたちと同じだけれど
そいつはただ流れに向かって留まっているだけ。

その暗黒色の口を流れに逆らって閉じ
閉じたり開けたり
流れにしがみつきながら。

The Current

ハンター

この荒らぶれた風景のてっぺんでなかばまどろみ
うずらたちに取り囲まれて
石の山の後ろにしゃがみこんだまま僕は夢をみる
うちのベビーシッターを抱きしめることを
僕の顔から数インチ先に彼女の
クールで若々しい瞳があって
ふたつ咲き残った野の花ごしに僕を
みつめる。その瞳の中には
僕には答えることのできない質問が
含まれている。この花たちを誰が裁くの？
でも防寒下着のずっと下の方で
僕の血が騒ぐ。

突然、彼女の手がはっと上にあがる――
雁たちは川の中洲から流れを描いて舞い立ち
この渓谷の壁をするすると上に登ってくる。
僕は安全装置を外す。体がひとつになり、動作に集中する
指を信じろ。
神経を信じろ。
こいつを信じろ。

Hunter

十一月の土曜日の朝になんとか朝寝がしたくて

居間ではウォルター・クロンカイトが我々に
月ロケット打ち上げの心の準備をさせている。
我々は最終的第三段階に近づいており、これは
最後の訓練です。
僕はしっかりと布団の中に
もぐりこむ。

息子は宇宙ヘルメットをかぶっている。
空気のない長い廊下を鉄のブーツをひきずるようにして
彼が歩いていくのが見える。

ぼくの足は冷たくなっている。
僕はすずめばちと霜やけの夢を見る。

セータス・クリークで白マスを釣る
人間が抱えている
ふたつの危険。

でもそこでは何かが動いている、
凍りついた葦の葉かげで。
腹を横に向けた何かが。
その腹にはゆっくりと水が満たされていく。
僕は仰向けになる。
僕のすべてはあっという間に上に持ち上がっていく。
まるで溺れることなんかできないんだぞという風に。

Trying To Sleep Late On A Saturday Morning In November

ルイーズ

うちの隣のトレイラーで
一人の女がルイーズという名の子供を叱っている。
馬鹿な子だね、ドアは閉めときなさいって言ったでしょうが？
まったくもう、今は冬なんだよ！
お前が電気代を払ってくれるっていうのかい？
足を拭いておいでよ、しょうがないね。
お前は本当にどうしようもない困った子だよ。
私ももうお前のことはどうしていいのかよくわからないよ。
その女は朝から晩までさえずりつづけている。
今日女と娘は外に出て
洗濯物を干している。
このおじさんにこんにちはって言いなさい、と女はルイーズに向かって
言う、ほら、ルイーズ。

この子はルイーズっていうんです、と女は言って
ルイーズをぎゅっと引っ張る。
猫に舌を取られたのかしらね、と女は言う。
でもルイーズは口にピンチをくわえて、
両手に濡れた洗濯物を抱えているのだ。彼女は
物干しロープを引っ張って下げ、首で
それを押さえながらシャツを干す。
そしてそれを放すと——
シャツはさっと膨らみ、彼女の頭の上で
ぱちんっと空を打つ。彼女は身を屈め
うしろに跳びのく——この人に似た形をしたものから
うしろに跳びのくのだ。

Louise

綱渡りの名人、カール・ワレンダに捧げる詩

君が子供のころ、マグデブルクの街じゅうの風が
君のあとを追った。ウィーンでは中庭から中庭へと
風は君を探し求めた。
それは噴水の水を吹き払い、君の髪を逆立たせた。
プラハでは風は、所帯を持ったばかりの生真面目な夫婦の
あとについていった。でも君は人々に息を呑ませた。
白いロング・ドレスのご婦人方や
髭をのばし、高いカラーをつけた紳士方に。
それは君の袖で待ち受けていた、
ハイレ・セラシエ皇帝の前でお辞儀をするときに。
君がベルギーの民主王と握手をするとき、それは
すぐ隣にいた。
ナイロビでは、風はマンゴーやゴミ袋を街路に

転がしていた。
セレンゲティー平原で風がシマ馬たちを追っているのが見えた。
フロリダ州サラソタで君が郊外住宅のひさしから足を
踏みだすとき、風もそれにくわわった。風はあらゆる町々で
サーカス・テントが張られるあらゆる場所で、木々のあいだに音を立てた。
君は生涯をつうじて風のことを口にしつづけた。
どのように唐突に風が吹くかについて。
君がホテルの部屋のバルコニーで大きなハヴァナ葉巻を
くゆらせているときに、風がどのように
眼下の紫陽花のふっくらとした顔を揺らせているかについて。
葉巻の煙は南へと流れていく。終始南へと。
プエルト・リコへと、熱帯へと。
その朝は、齢七十四にして十階の高さだった。
ホテルの建物と建物の真ん中で、春のシーズン開幕の
宣伝用見世物の最中に、風は、君にずっとつきまとっていた
その風は、カリブ海からやってきて、まるで若い恋人みたいに、君の懐に

さっと飛び込んでくる。これを最後と！
君の髪は逆立つ。
君はしゃがみこもうとする。綱を摑もうと。
やがて人々がやってきて片づけをして
綱を取り外す。君が生涯を送ったその綱を
彼らは取り外す。考えてもみてほしい。綱ですよ。

Poem For Karl Wallenda, Aerialist Supreme

デシューツ川

たとえばこの空
灰色の雲にふたがれているが
雪はもうやんでいる
ありがたいことに。寒くて寒くて
指を曲げることも
ままならない。
今朝川に沿って歩いていると
兎を貪っているアナグマに
僕らはばったりとでくわした。
アナグマの鼻先は血だらけで、
鋭い目のあたりまで血がべっとり。
　勇猛さと優雅さというのは
べつのものなんだよな。

そのあと八羽のマガモが下も見ずに
飛びすぎていった。川では
フランク・サンドマイヤーがニジマスを狙って
流し釣りをしている。彼はこの川で
もう何年も何年も釣りをしている。
でも二月がなんといっても最高だよな
と彼は言う。
にっちもさっちもいかなくなって、僕は手袋を取り
ナイロン糸のもつれに取り組んでいる。
ずっと遠くでは――
別の男が僕の子供たちを育て、
僕の妻と僕の妻と寝ている。

Deschutes River

永遠に

煙のとばりに包まれた戸外をぶらぶらと歩き、
蝸牛の足跡のついた小径をたどり
庭を抜けて庭の石壁の方に行ってみる。
やっと一人になって僕はそこにしゃがみこむ。さて

なすべきことは何か、と。そして突然僕は
濡れた石に体をぴたっとはりつける。
僕はゆっくりとまわりを見まわして
そして耳をそばだてる。体をそっくり

そのまま使って。蝸牛がやっているみたいに。
力は抜くけど、気は抜かず、という具合に。
こりゃ凄いや！　今夜は僕の人生の

一大転換点。今夜を境として
もうもとの人生になんか
戻れるもんか。僕はじっと星を見つめ、
星たちに向かって触覚を
振ってみる。何時間も何時間も

僕はそこにただじっとはりついている。
もっと時間が過ぎてから、哀しみが
細かい水滴となって僕の
心臓のまわりにくっつき始める。
父が死んでしまったことや

僕がこの町を間もなく出ていこうと
していることを思い出す。永遠にだ。
これでお前ともさよならだな、と父は言う。

夜明け近くに、僕は壁から降りてきて
ぶらぶらと家に戻る。
みんなはまだ待っているのだが、
初めて僕の新しい目を認めたときに
彼らの顔にさっと恐怖の色が走る。

Forever

短篇

隔たり

Distance

彼女はクリスマスにミラノに来ていて、自分が子供であったころの話を聞きたがっている。二人が顔を合わせるのはめったにないことだが、会うといつもその話になる。教えてよ、と彼女は言う。そのころはどんな風だったの？　彼女はストレガをすすり、彼の顔をじっと見つめながら待っている。

彼女はクールで、スリムで、魅力的な娘だ。見事にしっかり生き残ったというわけだ。

ずいぶん昔のことだものな。二十年も前の話だよ、と彼は言う。二人はカッシーナ庭園の近く、ファブローニ通りにある彼のアパートメントにいる。

何か覚えているでしょう、と彼女は言う。ねえ、話してよ。

どんなことが聞きたいんだね、と彼は言う。何を話せばいいんだろうな。君がまだ赤ん坊のころの話でよければ一つ覚えているよ。君も一役かんでいる話なんだ、と彼は言う。といってもほんのちょい役だけれどね。

聞きたいわ、と彼女は言う。でもその前に私たちのお酒のおかわりを作ってきてよ。話の途中で席を立たなくてもいいようにね。

彼はキッチンで飲み物を作り、それを持って居間に戻り、椅子に腰をかけた。そして話し始めた。

結婚したときには、彼ら自身からしてまだ子供のようなものだった。そして二人は狂おしいほどに恋をしていた。結婚したとき、少年は十八、少女は十七だった。二人のあいだにはほどなく娘が生まれた。

赤ん坊が生まれたのは厳しい冷え込みのつづいた十一月の末で、その地域ではちょうど鴨猟のシーズンのピークにあたっていた。そう、少年は猟が大好きだったんだ。これもその話に関係があるんだけれどね。

少年と少女、今では夫と妻にして父親と母親である二人は、歯医者の診療所の階下にある三間のアパートに住んでいた。二人は家賃と光熱費、水道代をただにしてもらうかわりに、階上の歯医者の部屋を毎晩掃除することになっていた。夏には芝生と花の世話もするという取り決めだった。冬には少年は歩道の雪かきをし、道路に岩塩をまいた。いいかい、若い二人は深く愛し合っていたんだよ。それに加えて、二人には大きな野心があった。二人はとんでもない夢想家だった。彼らはいつも自分たちのやりたいことの話をし、行きたい場所の話をした。

彼は椅子から立ち上がり、窓の外の瓦屋根の上に目をやる。夕方近くの光の中を、雪がしんしんと降りつづいている。

続きを聞かせてちょうだいよ、と彼女は言う。

少年と少女は寝室で寝ていた。赤ん坊は居間のベビー・ベッドで寝ていた。赤ん坊は生後三週間で、ようやく夜中に眠ってくれるようになったばかりだった。

ある土曜日の夜、階上の片づけが終わったあとで、少年は歯医者の私室に入って、その机に両足をのせ、父親の古い猟仲間であり釣り仲間であるカール・サザーランドに電話をかけた。

やあカール、相手が電話に出ると少年はそう言った。僕はもうお父さんなんだぜ。女の子が生まれたんだよ。

そりゃおめでとう、とカールは言った。奥さんは元気かい？

元気だよ、カール。赤ん坊も元気にしている、と少年は言った。みんな元気さ。

それはけっこうだ、とカールは言った。そいつは素晴らしいな。奥さんに俺からよろしくって言っといてくれ。ところで鴨撃ちに行こうって用件で電話してきたんなら、これはなかなかのものだぞ。何しろ見わたすかぎり鴨だらけって感じなんだ。俺ももう長く猟をしているけれど、これほどの数の鴨を目にしたのは初めてだな。今日は五羽しとめたよ。朝に二羽、午後に三羽だ。明日の朝にはまた出かけるつもりだけど、もし来たいのなら一緒に来いよ。

行きたいに決まってるじゃないか、と少年は言った。そのために電話してるんだよ。

五時半きっかりにここに来いよ。そして出発だ、とカールは言った。弾丸はたっぷり用意しろよ、じゃかすかぶっぱなすことになるからな。じゃあ明日の朝に会おう。

少年はカール・サザーランドのことが好きだった。少年の今は亡き父親の友人である。父が死んだあと、おそらくは彼ら二人が感じていた喪失感を埋めるためなのだろうが、少年とサザーランドは一緒に猟をするようになった。サザーランドはがっしりとした体格の、頭の禿げかけた男だった。一人で暮らしており、決して口数の多い人間ではなかった。二人で一緒にいるとき、少年はときどき居心地悪く感じることがあった。何か自分が余計なことをやったり言ったりしたのではないかと思うこともあった。そんなに長いあいだ何もしゃべらずにいる人間と付き合った経験がなかったからだった。しかしひとたび口を開くと、その年嵩の男はしばしば頑迷に自説に固執した。少年は往々にしてその意見に賛成できなかったけれど、それでもタフで、猟にも精通していたので、少年は彼のことが好きだったし、敬愛していた。

少年は電話を切ると、少女と話すために階下に下りた。彼女は彼が装備を並べるのをじっと見ていた。ハンティング・コート、薬きょう入れ、ブーツ、靴下、ハンティング・キャップ、長い下着、ポンプ式のライフル銃。

何時に帰ってくる？　と少女は尋ねた。

たぶんお昼ごろだな、と少年は言った。でも五時か六時くらいになっちゃうかもしれないな。それじゃ遅すぎるかい？

かまわないわよ、と彼女は言った。私たちは別に大丈夫だから、楽しんでいらっしゃいよ。たまに楽しんだってバチはあたらないわよ。明日の夜はキャサリンにきれいな服を着せて、サリーの家に遊びに行きましょうよ。

うん、そいつはいいね、と少年は言った。そうすることにしよう。

サリーは少女の姉で十歳年上だった。少年はサリーにもちょっと惹かれていた。ベッツィーにもちょっと惹かれていたように。ベッツィーは少女のもう一人の姉だった。もし君と結婚していなかったら、僕はサリーにいれあげていたかもな、と少年はよく言ったものだった。

ベッツィーの方はどうなの？　と少女は尋ねた。くやしいけれど、私いつも思うのよ、ベッツィーは私やサリーよりは美人だなあって。彼女のことはどう思うのよ？

ベッツィーもいいね、と少年は言って笑った。でも僕がサリーに夢中になるだろうっていうのとはちょっと違うんだよな。サリーには何かこう、首ったけになれるものがあるんだよ。うん、僕はやっぱりベッツィーよりはサリーの方に夢中になっていたと思うな。もしどっちか一人を選ばなくちゃならないとしたらだけれどね。

でもあなたは本当は誰のことを愛しているのかしら？　と少女は尋ねた。世界じゅうで誰のことをいちばん愛しているのかしら？　誰があなたの奥さんになったのかしら？

君が僕の奥さんだよ、と少年は言った。

そして私たちはずっとお互いのことを愛し合っていくのかしら？　と少女は尋ねた。彼女はこの会話を心から楽しんでいるようだった。

ずっとだよ、と少年は言った。僕らはずっといつも一緒にいるのさ。まるでカナダ鴨のようにね。それは頭に最初に浮かんだたとえだった。というのも、なにしろ彼はそのころしょっちゅう鴨たちのことを考えていたからだ。鴨たちは一生に一度だけ結婚するんだ。人生の最初のころに伴侶を選んで、そのままいつもいつも一緒にいる。もしどっちかが先に死んだりしたら、その相手は二度と再婚したりしない。その鴨はどこかで一人きりで生きていく。あるいは群れの中で暮らしていくことだってある。でもその鴨は、たとえ仲間たちと一緒に行動したとしても、ずっと独身のままでひとりぼっちで生きていくんだ。

哀しい話ね、と少女は言った。そんな風に仲間たちと一緒にいながら、一人孤独に生きていくということの方がきっとずっと哀しいでしょうね。ただ一人きりで生きていくよりもね。

哀しいことだよ、と少年は言った。でもそれが自然というものなんだ。

あなたはこれまでにそういう夫婦鴨の片方を殺したことはある？　と少女は尋ねた。私の言っている意味わかるでしょう？

彼は頷いた。彼は言った、二度か三度、鴨を撃ったすぐあとで、その群れの中からもう一羽の鴨が戻ってきて、ぐるぐると空に輪を描きながら、地上に横たわったその鴨に呼びかけるところを見たことがあるよ。

あなたはその鴨も撃ったの？　と少女は真剣な顔つきで尋ねた。

もしうまく当たったらね、と彼は答えた。ときには外すこともあったけど。

そしてあなたはそのことを何とも思わないの？　と彼女は言った。

思わないさ、と彼は言った。猟をしているときには、そんなこと考えもしないよ。

ねえ、僕は鴨に関することならそれこそ何だって好きだよ。たとえ猟をしていないときだって、彼らが空を飛んでいるのをじっと見ているだけで楽しいんだ。でも人生にはあらゆる種類の矛盾がふくまれているんだ。そんな矛盾についていちいち考え込むわけにはいかない。

夕食のあとで彼は暖房を強くし、妻が赤ん坊を風呂に入れるのを手伝った。赤ん坊の顔つきの半分が自分に（目と口だ）、あとの半分が少女に（顎と鼻）似ているのを見て、いまさらのように驚いた。彼はその小さな体にパウダーをかけた。手の指や足の指のあいだにもパウダーをかけた。少女が赤ん坊におしめをつけ、パジャマを着せるのを彼は見ていた。

彼は浴槽の湯をシャワーの床に流し、それから階上に行った。空気は冷え冷えとして、空はどんより曇っていた。吐く息は白かった。そこに生えている草は、草の名残は、街灯に照らされて灰色にこわばり、キャンバス地みたいに見えた。歩道のわきには、雪が山のように積まれていた。車が一台通り過ぎていった。タイヤが砂を嚙む音が聞こえた。明日はどんな風だろうな、と少年は想像してみた。鴨が頭上で羽ばたき、銃の反動が肩を打つ。

それからドアの鍵を閉め、階下に戻った。

ベッドに入って二人は本を読もうとしたが、結局二人とも寝込んでしまった。眠ったのは彼女の方が先だった。雑誌は掛け布団の上に落ちていた。彼の目も閉じかけていた。しかし彼はなんとか体を起こして目覚まし時計をチェックし、明かりを消した。

赤ん坊の泣き声で彼は目を覚ました。居間の電灯がついていた。少女がベビー・ベッドの脇に立って、赤ん坊を抱いてあやしていた。彼女は赤ん坊をもとに戻し、電灯を消してからベッドに戻ってきた。

それは午前二時だった。すぐにまた少年は眠りに就いた。

赤ん坊の泣き声がもう一度彼を起こした。こんどは少女の方が眠り続けていた。赤ん坊は何分間か断続的に泣きつづけ、それから泣きやんだ。少年は聞き耳を立てていたが、やがてうつらうつらと眠り込んだ。

彼は目を開けた。居間の灯があかあかと灯っていた。彼は体を起こして、枕もとの電気をつけた。

いったいこの子どうしたっていうのかしら、と少女は言って、赤ん坊をかかえて行ったり来たりした。おしめも替えたし、おっぱいもあげたし、それでも泣きやまないのよ。もうくたくたで、今にも下に落っことしてしまいそうだわ。

少し横になってなよ、と少年は言った。しばらく僕が子供の面倒をみているからさ。

彼はベッドを出て、赤ん坊を受け取った。少女はベッドに戻って、そこに横になった。

ほんのちょっとでいいから、赤ん坊をあやしていてね、と少女が寝室から声をかけた。たぶんそれでうまく寝付くと思うから。

少年はソファーに腰を下ろし、赤ん坊を抱いた。そして赤ん坊が目を閉じるまで膝にのせて小刻みに揺すっていた。彼自身の目ももう閉じかけていた。そっと立ち上がり、赤ん坊をベビー・ベッドに戻した。

四時十五分前だった。まだ四十五分眠ることができる。彼はベッドにもぐり込んだ。しかし数分後に赤ん坊はまた泣き出した。今回は二人とも目を覚ました。そして少年は悪態をついた。

ねえ、どうしてそんなこと言うのよ、と少女は少年に言った。この子は具合が悪いのかもしれないのよ。お風呂に入れちゃいけなかったんじゃないかしら？

少年は赤ん坊を手にとった。赤ん坊は足をばたばたさせて、静かにしていた。見てみなよ、と少年は言った。具合なんて悪いもんか。

どうしてそんなことわかるのよ、と少女は言った。さあ、こっちに貸してよ。何か飲ませなくちゃいけないっていうことはわかっているんだけど、何を飲ませればいいのかがわかんないのよ。

数分間赤ん坊は泣かないでいた。少女は赤ん坊を下におろした。少年と少女はじっと赤ん坊を見ていた。そして赤ん坊が目を開けてまた泣きだしたとき、二人は互いの顔を見合わせた。

少女は赤ん坊を抱き上げた。よしよし、と少女は目に涙をためて言った。

たぶん胃がもたれているんだよ、と少年は言った。

少女は答えなかった。彼女はもう少年にはかまわずに、赤ん坊を腕に抱いたままあやしつづけた。

少年は少しのあいだそこにじっとしていたが、やがて台所に行って、コーヒーを作るための湯を沸かした。そしてウールの下着を着込み、ボタンをとめ、それから服を着た。

何をしているの、と少女が言った。

鴨撃ちに行くのさ、と少年は言った。

そんなのだめよ、と少女は言った。この子の具合が良くなったら、お昼からでも行けばいいわ。でも朝のうちはここにいてちょうだい。赤ん坊がこんなに泣いているときに、二人きりで置いていかないで。

カールは僕が来ることを予定に入れているんだ、と少年は言った。僕らは二人で計画を立てたんだよ。

カールとあなたがどんな計画を立てたかなんて、私の知ったことじゃないわ、と少女は言った。それにカールが何だっていうのよ。私はカールなんて人を知りもしないのよ。私はね、とにかくあなたに行ってほしくないの。こんなときに鴨撃ちに行こうなんて気によくなれるものね。

カールには会っているじゃないか。彼のことは君も知っているはずだよ、と少年は言った。どうして知らないなんて言うんだよ。

そういう問題じゃないっていうことくらいわかるでしょう、と少女は言った。私が言いたいのは、病気の赤ん坊と私とを、二人きりで置いていかないでっていうことよ。

ちょっと待てよ、と少年は言った。君にはわかってないんだ。

いいえ、わかってないのはあなたの方よ、と彼女は言った。私はあなたの奥さんなのよ。この子はあなたの子供なのよ。そしてこの子はどこか具合が悪いのよ。よく見てよ。でなきゃどうしてこんなに泣くのよ？　私たちをほったらかして猟になんか行かないでちょうだい。

そんなにヒステリーを起こさないでくれ、と少年は言った。

猟にだってなんだって好きに出かけていけばいいでしょう、と彼女は言った。赤ん坊の体の具合が悪いっていうのに、あなたは私たちを放り出して猟に行こうとしている。

少女は泣きはじめた。彼女は赤ん坊をベビー・ベッドに戻した。しかし赤ん坊はまた泣きはじめた。少女はナイトガウンの袖でさっと涙を拭い、赤ん坊をもう一度抱き上げた。

少年はゆっくりとブーツの紐を結んだ。シャツを着て、セーターを着て、コートを着た。台所のガスレンジの上で、やかんがヒューヒューと音を立てていた。

どちらかきちんと選んでちょうだいね、と少女は言った。私たちをとるか、カールをとるかっていうことよ。これ、真剣な話なのよ。あなたはどっちかを選ばなくちゃならないのよ。

なんだい、そりゃ、と少年は言った。

今言ったとおりのことよ、と少女は言った。もし家庭を持ちたいと思うのなら、あなたはどちらか選択しなくてはならないのよ。

二人はじっとにらみ合った。それから少年は猟の装備を手に取り、階上に行った。彼は車のエンジンをスタートさせ、ウィンドウをぐるっと見てまわり、そこに張りついた氷をひとつひとつ丹念にこそげ落とした。

　夜のあいだに気温はぐっと下がっていた。しかし空は晴れ上がり、星の姿も見えるようになっていた。頭の上で、星が眩しく光っていた。車を運転しながら、少年は星を眺めた。それらがどれくらい遠くにあるかを考えると、彼の心は動かされた。

　カールの家のポーチ灯はついていて、引き込み道ではステーション・ワゴンのエンジンが音を立てていた。少年が道端に車を停めると、カールが中から出てきた。少年は既に決心をしていた。

　何だったら車は中に入れていいぞ、とカールは歩道を歩いてくる少年に向かって言った。俺の方はもう用意ができているよ、電気だけ消してくるから、ちょっと待っていてくれ。でも悪いことをしちまった、まったくさ、と彼は言った。ひょっとしてお前が寝過ごしてるんじゃないかと思って、今ちょうどそっちに電話をかけたところだったんだ。ちょうど今出たところだって奥さんは言ってたよ。いや、悪かったな。

　それはいいんだよ、と少年は言葉を選ぶようにして言った。彼は片脚に体重をかけ、襟を立てた。彼はコートのポケットに両手を入れた。彼女はもう起きていたんだよ、カール。僕らは二人ともちょっと前から起きてたんだ。どうも赤ん坊の具合がちょっと良くないみたいなんだ。よくわからないんだけどさ。つまりさ、ずっと泣きっぱなしなんだ。そんなわけでね、僕は今回はどうも猟には行けないみたいだ、カール」

なんだ、そんなことなら、電話してくれれば済んだのに、とカールは言った。わざわざここまで断りに来ることもなかったじゃないか。猟に行くか行かないかなんて、大した話じゃないだろうが。おおげさに考えなくていいよ。どうだいコーヒーでも飲んでいくかい？

いや、家に帰るよ、と少年は言った。

じゃあ俺は行くとするよ、とカールは言った。彼は少年を見た。

少年は何も言わずに、じっとポーチに立ち続けていた。

すっかり晴れちまったな、とカールは言った。これじゃ今朝は大した獲物はなさそうだな。これなら今日を逃しても、残念がるほどのことでもないさ。

少年は頷いた。またそのうちにね、カール、と彼は言った。

じゃあな、とカールは言った。なあ、いいか、誰がなんと言おうと、お前は運のいいやつだよ。これは嘘じゃないぜ。

少年は車のエンジンをかけ、そのまま待っていた。カールが家の中を回って明かりを消すのを見ていた。それから少年はギヤを入れ、道端から車を出した。

居間の明かりはついていたが、少女はベッドで眠っていた。赤ん坊も彼女の隣で眠っていた。

少年はブーツを脱ぎ、ズボンとシャツを脱いだ。音を立てないように注意して。靴下とウールの下着という格好で、少年はソファーに座り、朝刊を読んだ。

やがて空も明るくなってきた。少女と赤ん坊はすやすやと眠り続けていた。少しあとで、少年は台所に行ってベーコンを焼き始めた。

ほどなくローブを羽織った少女がやってきて、何も言わずに両腕を彼の体にまわした。

おい、ローブに火がついちゃうぞ、と少年は言った。彼女は少年に寄り掛かっていたが、同時にレンジにも触れていたのだ。

さっきはごめんなさいね、と彼女は言った。私どうかしていたのよ。どうしてあんなことを言っちゃったのかしら。

いいよ、そんなことは、と彼は言った。それよりも僕にこのベーコンを料理させてくれよ。

あんな風にきつい言い方をするつもりはなかったの、と彼女は言った。ひどいこと言ったわね。

僕が悪かったんだ、と彼は言った。ところでキャサリンの具合はどう？

もうすっかり良くなったわ。さっきはいったいどうしたのかしら。あなたが出ていったあとで、おしめをもう一度替えたの。そしたら泣きやんだの。泣きやんで、そのまま寝ちゃったのよ。いったい何だったのかしらね。私たちのことを怒ったりしないでね。

少年は笑って、べつに君のことを怒ったりするもんかと言った。馬鹿なことを言うんじゃないよ、と彼は言った。さあ、僕にこのフライパンで料理をさせてくれよ。

あなたは座っていていいわよ。私が朝御飯を作ってあげるから。ベーコンを添えたワッフルなんていかがかしら。

うまそうだなあ、と彼は言った。もう腹ぺこで死にそうだよ。

彼女はフライパンの中からベーコンを取り出し、ワッフルのたねを作った。彼はすっかりリラックスしてテーブルの前に座り、彼女が台所の中を歩き回るのを見ていた。

彼女は寝室の戸を閉めにいった。そして居間で、彼女は二人のお気に入りのレコードをかけた。

せっかく寝ついた子供をもう一度起こしたくないから、と少女は言った。

それは言えてるなあ、と少年は言って笑った。

彼女はベーコンと目玉焼きとワッフルの載った皿を少年の前に置いた。彼女は自分の前にもう一枚の皿を置いた。さあできたわよ、と彼女は言った。

　こいつはうまそうだな、と彼は言った。ワッフルにバターを塗り、シロップをかけた。でもワッフルを切り始めたとき、それを皿ごと自分の膝の上に引っくり返してしまった。

　まったくなんてことだ、と彼は言って、テーブルから慌てて離れた。少女は彼を見て、それから彼の顔に浮かんだ表情を見た。彼女は笑い出した。あなた自分の顔を鏡で見てごらんなさいよ、と彼女は言った。そして笑い続けた。彼は自分のウールの下着の前にべっとりとついたシロップと、それに付着したワッフルやベーコンや卵の切れ端を見下ろした。彼も笑いだした。

　腹ぺこで死にそうだったのに、と彼は首を振りながら言った。

　腹ぺこで死にそうだったのね、と彼女は笑いながら言った。

　彼は下着を剝ぐように脱いで、バスルームのドアの中に放り込んだ。それから彼は両手を広げ、彼女はその中に入っていった。

　もう喧嘩なんかやめましょうね、と彼女は言った。そんなことしたって意味ないもの。そうでしょう？

　そのとおりだ、と彼は言った。

もう喧嘩なんかやめましょう、と彼女は言った。

少年は言った、うん、もう喧嘩なんてしない。そして彼は彼女にキスをした。

彼は椅子から立ち上がり、二人のグラスにおかわりを注ぐ。

という話だよ、と彼は言う。これでおしまい。まあお話というほどのものでもないんだけれどね。

面白かったわ、と彼女は言う。本当にすごく面白かったのよ。でもいったい何が起こったの？　と彼女は言う。つまりそのあとに、ということだけれど。

彼は肩をすくめ、グラスを手に持って窓際に行く。外はもう暗い。でも雪は降り続いている。

物事は変化するものなんだ、と彼は言う。どうしてそうなるのかは私にもわからない。でも知らないうちに、好むと好まざるとにかかわらず、物事は変化してしまうんだ。

それはそのとおりよ。でも――でも彼女は言いかけたことをそこでやめてしまう。

彼女はその話をそこで打ち切りにする。窓ガラスに映った彼女の姿を彼は見ている。

彼女は自分の爪を子細に眺めている。それから頭を上げる。明るい声で彼女はこう言う、ねえ市内見物に連れていくという話はどうなったの？

彼は言う、ブーツをはきなさい、出かけよう。

しかし彼は窓のそばを離れない。その頃の生活を彼は思い出している。二人は笑ったのだ。二人は体を寄せ合って、涙が出てくるまで大笑いした。そのとき、他のものは何もかも——寒さも、その寒さの中で彼がいずれ行くことになる場所も——外にあった。少なくともしばらくのあいだは。

嘘

The Lie

「そんなの嘘よ」と妻は言った。「あなたよくそんなことが信じられるわね。あの女はやきもちを焼いてるんだわ。それだけのことじゃない」彼女はつんと頭をそらし、まっすぐ私を見た。まだ帽子をかぶり、コートを着たままだった。自分が責められたことで、彼女は顔を真っ赤にしていた。「あなた私を信じてくれるわよね？　そんな話は信じないわよね？」

私は肩をすくめた。それから言った。「どうして彼女がわざわざ嘘をつかなくちゃならないんだ？　そんなことしたって何の得もないじゃないか。嘘をつくことで彼女が何を得るっていうんだよ」私は居心地が悪かった。私はスリッパを履いてそこに立ち、両手を開いたり、握ったりしていた。そのような状況にあるにもかかわらず、なんだか馬鹿みたいな気がしたし、見世物になっているような気がした。私は人を問い詰めたりするタイプの人間ではないのだ。そんな話を聞かないで済ませられたらどんなによかっただろうと、今では思っていた。知らなければ知らないでそのままやっていけたのに。「だって彼女は友達じゃないか」と私は言った。「我々二人の友人だよ」

「ろくでもない女よ。ええ、そうですとも。何が友達よ。いやしくも友達と名のつくものなら、いや、その辺でちょこっと知り合っただけの人だって、そんなひどい嘘をついたりするものですか。そうでしょう？　まさかあなたそんなもの信じないでしょうね」彼女は私の愚かしさに対して首を振った。それから彼女は帽子のピンを外し、手袋を脱ぎ、テーブルの上に並べる。コートを脱ぎ、椅子の背にぽんとかけた。

「いったい何を信じればいいのかわからない」と私は言う。「君のことを信じたいんだがな」

「じゃあ信じればいいじゃない！」と彼女は言った。「私のことを信じなさいよ。それだけのことよ。私の今言ってるのが本当のことよ。私はそんなことで嘘をついたりする人間じゃない。さあ、そんな話は嘘っぱちだって言ってちょうだい、あなた。そんな話は信じられないって」

私は彼女を愛している。私は彼女を抱きしめたかった。腕の中に抱きしめて、君の言うことを信じるよと言いたかった。しかし嘘が、それがもし嘘だとしたらだが、我々二人のあいだに介入していた。私は窓のそばに行った。

「あなたは私のことを信じなくちゃいけないのよ」と彼女は言った。「こんなの馬鹿げてるわ。私が本当のことを言ってるってことわかるでしょう？」

私は窓の前に立って、眼下のゆっくりとした車の流れを眺めていた。目を上げれば、そこに映った妻の姿を見ることができた。俺は心の広い人間なんだ、と自分に言い聞かせた。俺はこれをなんとか乗り切ることができる。妻について考え始める。我々二人の生活について、真実に対するつくりごとについて、欺瞞の対極にある正直さについて、幻想と現実について。私は最近二人で見た映画について考えた。アントニオーニの『欲望』。私はコーヒー・テーブルの上に載っているレフ・トルストイの伝記のことを思い出した。彼が真実について述べていること、遠い昔のロシアで彼が引き起こした波紋。それから私は古い友人のことを回想した。高校の二年と三年のときの友人だ。その友達は本当のことが言えなかった。常習的な、救いようのない嘘つきだった。それにもかかわらず彼は感じが良くて、善意に溢れた人物であり、私の人生のむずかしい時期に、二年か三年にわたって私の真実の友であったのだ。自分の過去からこの慢性的嘘つきのことをみつけ出せて、私はひどく嬉しくなった。この先例が、我々の幸せな——少なくともここまではということだが——結婚生活に現在訪れている危機の救済を導いてくれるかもしれないのだ。この人物は、この筋金入りの嘘つきは、世の中にはそういう人間がいるのだという私の妻の理論を、実際に裏づけることができた。それでまた幸せな気持ちになった。私は語りかけようとして振り向いた。自分が何を言いたいのか、私にはわかっていた。「たしかにそうだな。そのとおりかもしれない。いや、実にそのとおりだ。人は嘘をつくことができるし、また実際に嘘をつく。嘘をつくまいと思いながらついてしまうんだ。おそらく無意識に。ときには病的なまでに、自分の嘘がどういう結果をもたらすかも考えずに。僕にその話を聞かせた奴はきっとそういう手合いだったんだな」でもちょうどそのとき、私の妻はソファーに座りこんで両手で顔を覆い、こう言った。「みんな本当のことよ。神様、お許しください。あの女の言ったことはぜんぶ本当よ。そんなことは全然身に覚えがないと私が言ったのが嘘だったのよ」

「本当なのか？」と私は言った。私は窓際の椅子のひとつに腰を下ろした。

彼女は頷いた。そしてずっと両手で顔を覆っていた。

「じゃあどうして君はそれを否定したんだ。僕らはお互い嘘なんてつかないはずじゃないか。いつだって本当のことを言ってやってきたじゃないか」

「ごめんなさい」と彼女は言った。彼女は私の顔をみて、それから首を振った。「自分が恥ずかしい。私がどれくらい自分を恥じているか、あなたにはきっとわからないわ。嘘をつきながら、あなたがそれを信じてくれなければいいのにと思っていたの」

「わかる気がする」と私は言った。

彼女は靴を蹴るようにして脱ぎ、ソファーに身をもたせかけた。それから身を起こし、セーターを上にひっぱって脱ぎ、髪をなおした。彼女は盆の上の煙草を一本手に取った。私はライターを彼女に向けて差し出しながら、そのほっそりとした色白の指と、綺麗にマニキュアを施された爪を見て思わずどきっとした。なんだかまるで、暴きだされたまったく目新しい光景を目にしているみたいだ。

彼女は煙草の煙を吸い込み、少し間を置いてからこう言った。「それで、今日はどんな具合だった？　ざっと言ってってことだけど」彼女は煙草を口にくわえたまま、ちょっと立ち上がってスカートを脱いだ。「これでよしと」と彼女は言った。

「べつに、どうってことないよ」と私は答えた。「午後に警官が一人、なんと捜査令状を持ってやってきた。以前ここの階に住んでいた誰かを探しにきたんだって。それから三時から三時半のあいだ三十分だけ補修工事のために断水するって、アパートメントの管理人がじきじきに電話をかけてきた。そういえば、警官がここにいるまさにそのときに、断水しちゃったんだな」

「へえ、そうなの」と彼女は言って両手を腰にやり、体をのばした。それから目を閉じてあくびをし、長い髪をさっと振った。

「それから今日はトルストイの本をずいぶん読んだな」と私は言った。

「すごいじゃない」と言って彼女はおつまみのナッツを食べはじめた。右手をのばしてひとつまたひとつとつまみ、開けた口の中にひょいと放り込んでいった。左手の指にはまだ煙草がはさまれていた。ときどき彼女はナッツを食べるのを休憩して、手の甲で口もとを拭い、深々と煙草を吸い込んだ。このころには彼女はもう下着まで脱いでしまっていた。両脚を体の下に折りこみ、ソファーの上に身を落ちつけた。「いかが?」と彼女は尋ねた。

「彼はいくつかの興味深い思想を持っていた」と私は言った。「なかなかの人物だよ」私の指先はひりひりとして、血のめぐりは早くなっていた。でも私には自分の体が衰弱してしまっているようにも思えた。

「こっちにいらっしゃいよ、ロシアの坊や」と彼女は言った。

「僕は真実が知りたいんだ」と弱々しい声で私は言った。私は今では四つんばいになっていた。毛足の長いふわっとした敷物の柔らかさが、私を興奮させた。ゆっくりと私はソファーの方まで這って進んでいって、クッションのひとつの上に顎を載せた。彼女は私の髪を手で梳いた。彼女はまだ微笑んでいた。そのぽっちゃりとした唇の上に塩の粒が光っていた。しかしじっと見ていると、彼女の目には言いようのない哀しみの色が溢れていった。それでも彼女は微笑みを浮かべたまま私の髪を撫でつづけていた。

「私の可愛いパシャ」と彼女は言った。「ここにいらっしゃいな。このお馬鹿さんは本当にあの性悪女の言うことを信じたの？　そんなろくでもない嘘を？　さあ、頭をお母さんのおっぱいに載せなさい。そう、それでいいのよ。はい、目を閉じて。よしよし。なんでそんなこと信じちゃったわけ？　私、ほんとにがっかりしちゃうわよ。あなたはもっと私のことをわかってくれていると思っていたのに。ねえいいこと、ある種の人にとってはね、嘘をつくことがスポーツみたいなものなのよ」

キャビン

The Cabin

ミスター・ハロルドはカフェの外に出て、雪がもうやんでいることを知った。川向こうの丘の背後の空は綺麗に晴れわたろうとしていた。彼は車の横に立って少しばかり体をのばし、開いたドアに手をかけたまま、冷たい空気を胸いっぱいに吸い込んだ。美味いという表現がまさにぴったりの空気だった。彼は運転席に身を落ちつけ、ハイウェイに戻った。ロッジまでは車で一時間というところだ。そうしようと思えば、今日の午後にも二時間ほどは釣りをすることができる。そして明日がある。明日は一日まったく手つかずのままあるのだ。

パーク・ジャンクションで川にかかった橋を渡り、ロッジに向かう道に入る。道の両側には、枝に雪をたっぷりと積もらせた松が並んでいた。白い丘の上に雲が垂れ籠めていて、おかげでどこで丘が終わってどこから空が始まっているのか、見分けることができなかった。それは彼に、むかしポートランドの美術館で二人で見た中国の風景画を思い出させた。彼はそんな絵が気に入った。フランセスにそう言ってみたのだが、彼女はそれに対してとくに返事を返さなかった。ギャラリーのそのウィングにちょっと一緒にいただけで、彼女はすぐに隣の展示室に移ってしまった。

彼がロッジに近づいたとき、時刻は正午に近かった。丘の上にいくつかのキャビンが見えた。それから道がまっすぐになると、ロッジそのものが見えてきた。彼はスピードを落とし、道を外れて、砂をかぶった汚れた駐車場に入り、玄関の近くまで行って車を停めた。車の窓を下ろして、シートの中で肩を前後に揺すりながら、少しのあいだそこで休んでいた。彼は目を閉じ、それから目を開けた。ネオン・サインはキャッスルロックという名前をちかちかと点滅させていた。その下には綺麗な手描き文字で「デラックス・キャビン——オフィス」とある。この前ここに来たときには（そのときにはフランセスが一緒だった）、四日間宿泊し、川下の方で五匹の見事な魚を釣り上げた。三年前のことだ。彼らはよくここに来たものだ。年に二度か三度。彼はドアを開け、ゆっくりと車を下りた。首と背中がこわばっているように感じられた。凍った雪の上をのそのそと歩き、厚板の階段を上りはじめるときに両手をコートのポケットにつっこんだ。階段の上で彼は靴についた雪と砂利をこそげ落とし、中から出てきた若いカップルに会釈した。階段を下りるときに男が連れの女の腕を取るのに、彼は気づいた。

ロッジの中には薪を燃やす煙の匂いと、焼いたハムの匂いがした。皿と皿がかちゃかちゃとぶつかる音も聞こえた。ダイニング・ルームの暖炉の上に、大きなブラウン・トラウトが飾ってあるのを目にして、ここに来てよかったなとあらためて思った。彼が立っているキャッシュ・レジスターの近くには陳列ケースがあり、ガラスの中には革製のパースやら財布やらモカシンの靴やらが収められていた。ケースのいちばん上には、インディアンのビーズのネックレスやらブレスレットやら、石化した木のかけらなんかが散らばっていた。彼は馬蹄形をしたカウンターに行って、スツールに腰を下ろした。椅子をいくつか隔てたところに座っていた二人の男は話をやめ、首を曲げて彼の方を見た。ハンターたちだ。彼らの赤い帽子とコートは背後の空いたテーブルに置かれていた。ミスター・ハロルドは指をひっぱりながら、誰かが来るのを待っていた。

「ずっと待ってたんですか？」とその娘は眉をしかめながら言った。彼女はキッチンから音もなく彼の方にやってきた。彼女は彼の前に水のグラスを置いた。

「さっき来たばかりだよ」とミスター・ハロルドは言った。

「ベルを鳴らしてくれればよかったんですよ」彼女が口を開けるたびに、歯列矯正器がきらっと光った。

「キャビンに泊まることになってるんだ」と彼は言った。「一週間かそこら前に葉書で予約を入れておいたんだけどね」

「ミセス・メイにきいてみないと」と娘は言った。「彼女は今料理してます。キャビンのことはミセス・メイの担当なんです。そんなことは何も聞いていません。普通は冬のあいだ、キャビンは閉めてますから」

「葉書は書いたんだけどね」と彼は言った。「ミセス・メイに聞いてみてくれないかな。彼女に聞けばわかると思うんだ」二人の男はもう一度彼の方を見るためにスツールの上で体を回した。

「ミセス・メイに言って来ます」と娘は言った。

彼は顔を赤らめて、カウンターの上で両手を合わせた。部屋の向こう側の壁には、大きなフレデリック・レミントンの複製画がかけてあった。よろめき怯えるバッファローと、肩のところで弓をぎゅっと引き絞った先住民たちの姿を、彼は眺めた。

「ミスター・ハロルド！」と声を上げて、年取った女が片脚を引きながらやってきた。髪は白く、大きな胸と太い首を持った小柄な女だった。下着の肩紐が白い制服の下に見えていた。彼女はエプロンを取って、手を差し出した。

「やあこんにちは、ミセス・メイ」と言って、彼はスツールから立ち上がった。

「まあまあすっかり見違えてしまいましたよ」とその老女は言った。「あの娘はいったいどうしたものやら……イーディスっていうんです……私の孫娘でしてね。私の娘とその亭主が今ではここの世話をしているんですよ」彼女は眼鏡を取って、レンズについた湯気の曇りを拭いた。

彼はよく磨かれたカウンターを見下ろした。その木目のついた板に指を滑らせた。「奥様はどうなさったんですかね？」と彼女は尋ねた。

「家内は今週はちょっと具合が悪くってね」とミスター・ハロルドは言った。彼はそれに何か付け加えようとしたが、それ以上言うべきことはなにもなかった。

「それはいけませんですねえ。お二人のためにキャビンをしっかり綺麗にしておきましたのにね」とミセス・メイは言った。彼女はエプロンを取って、それをキャッシュ・レジスターの後ろに置いた。「イーディス、私はミスター・ハロルドをキャビンの方にご案内してくるからね。ちょっとコートを取ってきますよ、ミスター・ハロルド」娘は返事もしなかった。でも彼女はコーヒーポットを手に持って、キッチンの入口に姿を見せた。そしてじっと二人を見た。

外では太陽が顔を見せていて、眩しい光が彼の目を射た。脚をひきずって歩くミセス・メイのあとから、手すりにつかまるようにしてゆっくりと階段を下りた。

「太陽が眩しいでしょう?」と彼女は言った。そして固まった雪の上を注意深く移動した。彼女は杖をつくべきなんじゃないかなと彼は思った。「太陽が顔を見せたのは一週間ぶりですよ」と彼女は言った。そして通り過ぎていく車の中の人々に向かって手を振った。

二人は雪に覆われて鍵のかけられたガソリン・ポンプの前を過ぎて、ドアに〈タイヤ〉という看板のかかった小さな小屋の前を通り過ぎた。割れた窓から中をのぞくと、麻袋やら、古タイヤやら、樽やらが積み重ねてあるのが見えた。部屋は湿って、冷え冷えとして見えた。雪が中に吹き込み、窓枠の上に砕けたガラスと一緒に散らばっていた。

「子供たちのしわざですよ」とミセス・メイが言った。彼女は立ち止まって、割れた窓に手をあてた。「いつだってこういうろくでもないことをするんです。建築現場の方からしょっちゅうみんなしてやってきて、悪さをしてまわるんですよ」彼女は首を振った。「可哀そうな子供たちなんですけどね。まともな家庭ってものをしらないんです。いつもいつも渡り歩いているから。子供たちの父親はダム工事をしています」彼女はキャビンのドアの鍵を外し、押して開けた。「今朝しばらく火を入れておきましたから、いくらかあったかくなっていると思いますよ」と彼女は言った。

「ご親切にありがとう、ミセス・メイ」と彼は言った。

小さなベニヤ板の仕切りでキッチンと隔てられた部屋には、飾り気のないベッドスプレッドをかけられた大きなダブルベッドがあり、小さなチェストがあり、デスクがあった。そのほかに流し台があり、薪ストーヴがあり、木の箱があり、古いアイスボックスがあり、オイルクロスのかかったテーブルと二脚の木の椅子があった。浴室に通じるドアがあった。一方には、服をかけることのできる小さなポーチがついていた。

「素敵な部屋ですね」と彼は言った。

「一生懸命整えたんですよ」と彼女は言った。「今なにかお入り用なものはありますかね、ミスター・ハロルド？」

「いや、今のところは結構です」と彼は言った。

「それではゆっくりお休みくださいな。長く運転されてお疲れになったでしょう」と彼女は言った。

「荷物を取ってきます」とミスター・ハロルドは言って、彼女のあとから外に出た。

彼はドアを閉めた。二人はポーチに立って、丘の下の方を眺めた。

「奥様が一緒にいらっしゃれなくて、本当に残念ですわねえ」と老女は言った。

彼はそれには答えなかった。

二人の立っているところは、道の向こう側の山の斜面から突き出した大きな岩とほとんど同じ高さだった。その岩のことを石に変わってしまったお城のように見えると言うものもいた。「魚の方はどんな具合ですか?」と彼はきいた。

「釣りをやっている人もいますが、おおかたは猟ですよ」と彼女は言った。「鹿のシーズンですからね。御存じのように」

彼は車をできるかぎりぴったりとキャビンに寄せ、荷物をおろしはじめた。荷物を全部おろしたあとで、グラヴ・コンパートメントからスコッチのパイント瓶を出した。その瓶をテーブルの上に置いた。そのあとで、重りや釣り針や、赤や白のぼってりとした毛針の入ったいくつもの箱を広げるときに、彼は瓶を水切り台の上に移動した。テーブルの前に座って煙草をくわえて、全てがしかるべき場所におさまった釣り道具箱を開け、毛針や重りをその辺に広げ、その午後のために両手で釣り糸の強さを調べ、仕掛けをまとめながら、やはりここに来てよかったなと思った。今日の午後だってまだ二時間ばかりは釣りができる。そして明日もある。今日の午後、釣りから帰ってきてから飲むためにこの酒は取っておこう、残ったぶんは明日に飲もうと、既に心を決めていた。

テーブルの前に座って仕掛けを作っていると、ポーチの上で何かがごそごそと穴を掘るような音が聞こえた。テーブルから立ち上がってドアを開けた。でもそこには何もいなかった。どんよりと曇った空の下には、白い山肌と、死んだような松が見えるだけだ。下の方にはいくつか建物があり、ハイウェイ沿いに車が何台か停まっていた。急にどっと疲れたような気がした。少しベッドに横になろうかと彼は思った。眠りたくはなかった。横になって体を少しやすめるだけでいい。それから起き上がって服を着て、装備を持って、川まで歩いていこう。彼はテーブルの上を片づけ、服を脱ぎ、冷たいシーツの中に体をもぐり込ませた。しばらくのあいだ横向きになっていた。目を閉じ、体を温めるために両膝を上に引き寄せた。それから仰向けになって、両方の足の親指をシーツの下でごそごそと動かした。ここにフランセスがいてくれたらなあと彼は思った。話をできる誰かに、そばにいてほしかった。

目を開けたとき、部屋は暗かった。ストーヴがぱちぱちという小さな音を立てていた。ストーヴの背後の壁には、赤々とした輝きが映っていた。彼はベッドに横になったまましっと窓を眺めた。外がこんなに真っ暗になってしまったなんて、自分の目が信じられなかった。もう一度目を閉じ、また目を開けた。ほんの少し横になって休みたかっただけなのだ。眠りこんでしまうつもりなんてなかった。彼は目を開けて、ベッドの脇にどっかりと腰かけた。シャツを身につけ、ズボンに手をのばした。それから浴室に行って、ばしゃばしゃと顔を洗った。

「畜生め！」と彼は言って、キッチンの食器戸棚にあるものを乱暴に動かし、いくつかの缶を落とし、それをまたもとに戻した。ポット一杯のコーヒーを作ってカップに二杯飲み、それから下のカフェに行って何か食べようと思った。ウールのスリッパを履き、コートを着て、ごそごそとあたりを捜し回ってやっと懐中電灯をみつけた。それから外に出た。

冷たい空気が頰を刺し、鼻孔をぎゅっと締め上げた。しかし外気は彼の気分を良くした。頭がすっきりとした。ロッジからこぼれる明かりが彼の歩いている足もとを照らしていた。彼は用心して歩いた。カフェに入ると娘に会釈した。イーディスだ。それからカウンターの端っこに近いブースに腰を下ろした。キッチンでラジオが鳴っているのが聞こえた。娘は彼の方にやってくる気配を見せなかった。

「もうお終いなのかい？」とミスター・ハロルドは聞いた。

「ええ、まあね。明日のために片づけをしているところなんです」と彼女は言った。

「じゃあもう何も食べられないんだ」と彼は言った。

「少しは出せると思いますけど」と彼女は言った。そしてメニューを持って来た。

「ミセス・メイはまだいるのかね、イーディス？」

「もう部屋に下がっています。何かお入り用ですか?」

「もう少し薪がほしいんだがね。朝のために」

「それでしたら裏にあります」と彼女は言った。「キッチンのちょうど裏手ですよ」

彼はメニューの中のなるべく簡単そうな料理を指さした。ハム・サンドイッチとポテト・サラダだ。「これをもらおう」と彼は言った。

彼は料理を待つあいだ、目の前のテーブルの上の塩と胡椒の容器をくるくると回していた。娘は料理を運んできたあと、前をうろうろしてシュガー・ボウルやナプキン・ホールダーの中身を詰めたり、ちらちらと彼の方をうかがったりした。彼がまだ料理を全部食べ終わらないうちに、濡れた布巾を手にやってきて、彼のテーブルを拭き始めた。

彼は勘定書きよりかなり多い金額をテーブルに置いて席を立ち、ロッジの横手に抜けるドアから外に出た。裏に回って、薪を一抱え持った。それからかたつむりが這うようにのろのろとキャビンまで上っていった。一度後ろを振り向いて、キッチンの窓から娘が自分を見ているのを見た。泊まっているキャビンのドアにようやくたどり着いて、薪を下に落としたときには、彼はその娘を憎んでいた。

長いあいだベッドに横になって、ポーチでみつけた古い「ライフ」を読んでいた。

暖炉の熱がようやく眠気を起こさせたとき、彼は起き上がってベッドの上を片づけ、明日の朝のための用意をした。そこに積み上げられた装備を点検し、すべてが揃っていることを確認した。彼は手落ちなく用意をしておくのが好きだった。当日の朝になってあれがないこれがないと捜し回るのは御免だった。スコッチの瓶を手に取って、それを明かりにかざした。そして少しカップに注いだ。そのカップを手にベッドに行って、ナイト・スタンドの上に置いた。明かりを消し、ベッドに入る前にひとしきり窓の外を眺めた。

*

目が覚めたとき朝はまだ早く、部屋の中はほとんど真っ暗だった。暖炉の火は夜のうちに燃えさしになっていた。キャビンの中で息が白くなるのが見えた。火床をなおし、薪を何本か押し込んだ。こんなに朝早く目を覚ましたのは何年ぶりだろう。ピーナッツバター・サンドイッチを作り、それをパラフィン紙に包んだ。サンドイッチとオートミール・クッキーを何枚か、コートのポケットに入れた。戸口のところで、腰まである長靴をはいた。

外の光はくすんだ灰色だった。雲は長くのびた谷間を埋め、森や山の上に小さな塊になってぽつんぽつんと浮かんでいた。ロッジはまだ暗いままだった。彼は川に向けて、固くなった滑りやすい小道をそろそろ下りていった。こんなに朝早く起きて釣りに行くのだと思うと、心がはずんだ。川向こうにある谷のどこかで、ポンポンという銃声が聞こえた。彼はその数を数えた。七つ、八つ。ハンターたちはもう起きているのだ。そして鹿たちも。あれを撃っているのは昨日ロッジで見かけた二人のハンターたちだろうか。こんなに積もった雪の中では、鹿たちには逃げのびるチャンスはあまりない。彼は下を向いて、足もとをたしかめながら歩いた。道は山の斜面を下っていた。やがてくるぶしまでを雪に埋めながら、彼は密集した森林地に出た。

雪は木の下に、吹き寄せられるように積もっていたが、彼の歩くところはそれほど深くは積もっていなかった。いちおう歩ける道になっている。足もとは固く引き締まり、松の落ち葉が分厚く重なって、長靴の下でぱりぱりと音を立て、雪の中にめりこんだ。吐く息の白い蒸気が、顔の前にすうっと漂い出ていくのが見えた。茂みを押し分けたり、低く下がった枝をくぐらなくてはならないようなときには、釣り竿を前にかざすようにして歩いた。彼は釣り竿の大きなリールの部分を持ち、まるで大槍でも抱えるみたいに脇の下にはさんだ。子供のころ、遠く離れた場所に二日か三日釣りに行くような折りには、一人で歩きながら、こんな風に釣り竿を持っていたものだ。茂みや樹木がなく、ただ普通に野原を歩いているときにでもだ。そんなときにはよく、対戦相手が森の中から馬に乗って現れるところを彼は想像した。すると森のはずれの枝に集まっているかけすたちが大声で鳴いた。彼は声を限りに何かを歌ったものだ。草原の上を何度も何度も輪を描いて舞う鷹に向かって、挑みかかるように、胸が痛くなるほど声を張り上げた。その太陽や空が、彼の脳裏にもう一度戻ってきた。そしてその差し掛け小屋のある湖が。緑色の湖水は見事に澄みわたり、水面から十五フィートか二十フィート下で岩棚がすとんと落ちて、そこからまた深みが始まっているのが目にできた。川の音が聞こえてきた。でも小道は途中で終わっていた。川に向かって土手を下りはじめる手前で、彼は雪の吹きだまりに膝の上まで足を突っ込んで、パニックに陥った。そこから抜け出すのに、雪やら木のつるやらを手あたりしだいにひっつかんだ。

川は耐えがたいくらい冷たそうに見えた。銀がかった緑色で、岸辺の岩のあいだの小さなたまりには氷が張っていた。以前に、それは夏のことだったが、彼はもっと下流で魚を釣り上げたことがあった。しかし今朝は、そんな下流までは行けなかった。今朝の彼は、今自分がいるところに来られただけでただただ嬉しかった。百フィートほど向こうの、川の対岸に砂地があって、その前がちょうど絶好の浅瀬になっていた。しかし言うまでもないことだが、川を渡って向こうに行く手だてはない。まあここでよしとしなくてはと彼は思った。彼は丸太の上にのぼって、そこに腰を下ろし、あたりを見まわした。高い樹木と、雪に覆われた山々が見えた。まるで絵のように美しい光景だなと彼は思った。蒸気が川面に下りているさまが。彼はその丸太の上に座り、釣り糸を竿の糸道《ガイド》に通しながら両脚を前後に揺すった。昨夜のうちに用意していた仕掛けのひとつをそこに結び付けた。すべての用意が整うと、丸太を下りてゴム長靴を腰のあたりまで思い切り引っ張り上げ、長靴のいちばん上のバックルをベルトに結び付けた。冷たい水のショックに備えて息を止めながら、ゆっくりと川の流れに足を踏み入れた。水が彼の体に当たり、渦を巻きながら、膝のあたりでぎゅっとしめつけた。彼は立ち止まったが、更に少し先まで進んだ。リールのブレーキを外し、上流に向けて見事なキャスティングを行った。

釣りをしているうちに、かつての興奮がいくらか戻ってくるのが感じられた。彼は釣りを続けた。少ししてから岸に上がって、岩の上に腰を下ろし、丸太に背をもたせかけた。そしてポケットからクッキーを取り出した。急ぐことはない。今日一日たっぷりとある。小さな鳥の一群が川の向こう岸から飛んできて、彼が座っている近くの岩の上に止まった。彼がクッキーのかすを投げてやると、鳥たちは飛び立った。樹木のてっぺんが軋んだ音を立て、風は谷間の雲を丘の上に向けて押しやっていた。それから、川の向こう岸の森の中から、散発的な銃声が聞こえた。

彼がその鹿を見たのは、ちょうど毛針を替え、キャスティングを終えたところだった。鹿は上流の茂みからよたよたと姿を現し、小さな砂地に走り下り、頭をぶるぶると震わせ、捩じった。鼻孔からは、白い粘液が糸になって垂れていた。左後ろ脚が折れていた。鹿はそれを後ろに引きずるようにしていた。鹿はほんのちょっとの瞬間歩を止めて、首を後ろにまげてその折れた脚を見た。それから川に入り、流れの中に足を踏み入れ、やがてその背中と頭しか見えなくなった。雌鹿は彼がいる側の浅瀬にたどり着き、もがくようにして水から出て、首をぶるんと左右に振った。彼はそこに立って、鹿が森の中に飛び込んでいくのを見ていた。

「ひどい奴らだ」と彼は言った。

彼はもう一度キャスティングをやった。それから糸を巻き上げ、岸の方に戻った。丸太の、さっきと同じ場所に腰を下ろし、サンドイッチを食べた。ぱさぱさに乾いていて、何の味もしなかった。でもともかくそれを食べた。そして鹿のことはもう考えまいと思った。フランセスは今ごろ起きて家事をやっているに違いない。フランセスのことも考えたくなかった。でも彼は三匹のニジマスを釣り上げた朝のことを思い出した。それを抱えてキャビンまで山を上るのはひと仕事だった。でも彼はそれをなしとげ、彼女が戸口に出てくると、魚を袋から出して階段の踏み板の上に並べた。彼女は口笛を吹いて、その背中に連なる黒い斑点に触ったものだった。その午後もまた川に行って、あと二匹を釣り上げた。

あたりは寒くなっていた。風が川面を吹き下ろしていた。彼は身をこわばらせたまま立ち上がり、体をほぐすために石の上をよたよたと歩いた。焚き火を起こそうかとも思ったが、やがて思いなおし、ここにあまり長居をするのはよそうと決めた。何羽かの鳥が川の向こうから羽ばたいてやってきて、頭上を越えていった。鳥たちが頭の上を通過するときに、彼は大声で怒鳴ってみた。しかし彼らは下に目を向けもしなかった。

毛針を交換し、重りを増やし、上流に向けてキャスティングした。指のあいだから糸がたぐられ、やがてだらんとなるまで、彼は流れが釣り糸を流すにまかせた。それからリールのブレーキをかけた。ペンシル鉛の重りが水の下で岩にこんこんとぶつかっていた。彼は釣り竿の手元を腹にあて、毛針は魚の目にはどんな風に映るのだろうかと考えた。

何人かの少年たちが上流の木立の中から姿を見せ、砂地まで歩いてやってきた。そのうちの何人かは赤い帽子をかぶり、ダウン・ヴェストを着ていた。彼らは砂地の上を歩き回り、ミスター・ハロルドの方を見て、それから川の上下を見た。彼らがその砂地を彼の方に向かってやってきたとき、ミスター・ハロルドは山を見上げ、それから格好の釣り場のある下流の方を見た。彼は糸を巻き上げ始めた。毛針を回収し、針をリールの上にあるコルクに刺した。それからゆっくりと岸の方に向かって歩き出した。彼は岸辺のことだけを考えた。注意深く一歩一歩進めば、そのぶん岸に近づくのだ。

「よう!」

彼は歩を止め、川の中に立ったままゆっくりと振り向いた。どうせなら、水が脚をぐいぐいと押して、滑りやすい石の上で自分の体のバランスを失わせようとしているときにではなく、岸に上がっているときにこうなればよかったのに、と彼は思った。彼が少年たちの方に目をやって、誰がその中のリーダー格なのかを見極めているあいだ、彼の両足は岩のあいだにぎゅっとのめりこんでいた。彼らは全員ホルスターかナイフの鞘のように見えるものをベルトにつけていた。しかし一人だけがライフルを持っていた。その少年が自分に声をかけてきた奴であることが彼にはわかった。茶色いダックビル・キャップ（訳者註　あひるのくちばし型のひさしの帽子）を被った、そげたような細い顔をしたその少年が言った。

「あんた、あそこに鹿が来たの見なかったか？」少年はまるでピストルでも持つみたいに、右手にライフルを持っていた。そしてその銃身で砂地の先を指した。

少年たちの一人が言った。「なあアール、こいつ見たはずだぜ。ほんのちょっと前のことだもんな」そして彼は他の四人の顔を見渡した。みんなは頷いた。彼らは煙草を回しながら、彼にじっと目を向けていた。

「あのな──あんた耳が悪いのか？　俺は尋ねたんだよ。雄鹿を見なかったかって」

「ありゃ雄じゃない。雌だ」とミスター・ハロルドは言った。「それに鹿の後ろ脚はほとんど吹き飛ばされていたぞ。ひどいもんだ」

「それがあんたにどういう関係があるっていうんだ」と銃を持った少年が言った。

「偉そうな口をきくおっさんじゃねえか、アール。鹿がどっちに逃げたか言うんだよ、この野郎！」と少年の一人が言った。

「どっちに逃げた？」と少年は言って、銃を腰のところまで上げ、銃口をミスター・ハロルドの方にさりげなく向けた。

「お前らはいったい何なんだ？」彼は釣り竿をまっすぐ前に上げ、それを小わきにはさみ、もう片方の手で帽子を下におろした。「お前ら、川上のトレイラー・キャンプから来た餓鬼どもだろう。違うか?」

「お前、何でも知ってるような口をきくな」とその少年は言った。彼は仲間を見回し、頷いた。片方の脚を上げ、それをゆっくりと下ろした。それからもう片方の脚を上げ下げした。それからライフルを肩にかまえて、撃鉄を引いた。

銃身はミスター・ハロルドの腹に向けられていた。あるいはその少し下に。彼の長靴のまわりで水が渦を巻き、泡を立てていた。彼は口を開け、閉じた。でも彼は舌を動かすことができなかった。彼は目を下に向けて、透明な水の中の岩と小さな砂地を見た。もし長靴が水の中でひっくり返って、自分が川の中をごろごろと転がっていくとしたらどんなことになるんだろうと彼は考えた。

「いったいどういうつもりなんだ?」と彼はその少年に言った。氷のように冷たい水が彼の両脚のあいだから上にのぼってきて、やがて彼の胸に注ぎ込んだ。

少年は何も言わなかった。彼はじっとそこに立っていた。全員がそこに立ちすくんで彼を見ていた。

「撃つんじゃない」とミスター・ハロルドは言った。

少年はそのまましばらく彼に銃を向けていたが、やがて下におろした。「びびったろう、おっさん？」

ミスター・ハロルドは夢うつつに頷いた。なんだかあくびをしたいような気持ちだった。それでずっと口を開けたり閉めたりしつづけていた。

少年の一人が水際の石をひとつとって、それを投げた。ミスター・ハロルドは体を背けた。石は彼から二フィートばかり離れた水面を打った。他の少年たちも石を投げ始めた。彼はそこに立って、石が自分のまわりでしぶきをあげる音を聞きながら、岸を見ていた。

「なあ、どうせここでは釣りをしたくなかったんだろうが？」と少年は言った。「俺はあんたを撃つことだってできたんだぜ。でも撃たなかった。ありがたく思えよ。あんたあの鹿を見たろう」

ミスター・ハロルドはしばらくそのままじっとしていた。それから肩ごしに振り返った。少年の一人は彼に向かって指を一本立てた。残りの少年たちはにやにや笑っていた。それから彼らはみんなで木立の中に戻っていった。彼は少年たちが去っていくのを見ていた。それから後ろを向いて、苦労しながら岸に戻り、どさっと腰を下ろし、丸太にもたれた。何分かたってから立ち上がり、キャビンに向かって歩き出した。

雪はその朝ずっと降りそうで降らなかったのだが、彼が開墾地の見えるところに着いたときに、薄い雪片がちらちらと舞い始めた。釣り竿はどこかに置いてきてしまった。たぶん踵を捩じってしまって、そのあとちょっと休んだときに、そのまま置き忘れてきたのだろう。ブーツを脱ごうとしているあいだ、竿を雪の上に横にして置いていたことを彼は覚えていた。そのあと手に取った記憶はなかった。でもそんなことはもう、彼にとってはどうでもよかった。それは上等の竿で、五年か六年前の夏に九十ドル以上出して買ったのだ。しかし明日になって天気が回復したところで、それを取りに行くつもりはなかった。明日だって？　明日には家に帰って仕事をしなくてはならない。近くの木の上で一羽のかけすが鳴いた。そして彼の泊まっているキャビンの脇の開墾地の向こうから、もう一羽が返事を返した。彼はぐったりと疲れて、自分の脚にかかる重みを軽減するために、よたよたと歩を運んでいた。

彼は木立の外に出て、そこで歩を止めた。下の方のロッジには明かりがついていた。駐車場の明かりさえついていた。暗くなるにはまだ数時間はあるというのに、ありとあらゆる明かりがもう灯されていた。それは彼にはミステリアスで、不可解なことに思えた。何かが起こったのだろうか？　彼は頭を振った。それから自分のキャビンの階段を上った。彼はポーチで立ち止まった。中に入りたくなかった。でも彼にはわかっていた。自分がそのドアを開けて中に入らなくてはならないのだということが。でも果してそれができるだろうか。少しのあいだ、彼はそのまま車に乗りこんで、ここを立ち去ってしまおうかとも考えた。もう一度丘の下の方の明かりを見た。それからドアノブをつかんで、自分のキャビンの中に入った。
　誰か――たぶんミセス・メイなのだろう――がストーヴに小さな火を起こしてくれていた。それでも彼は用心深くあたりを見回した。ぱちぱちと火のはぜる音の他には、何の音も聞こえなかった。彼はベッドに腰を下ろして、長靴をごそごそと脱ぎ始めた。それから靴下をはいたままそこに座り、川のことを思い、その心臓が止まりそうなほど冷たい流れを、この今も上流に向かっているに違いない大きな魚を思った。彼は頭を振って立ち上がり、手をストーヴから数インチのところにひりひりと痛くなるまでかざして、指を開いたり閉じたりした。徐々に体に温りを取り戻していった。それから家のことを考え始めた。暗くなる前にそこに戻ることを。

ハリーの死

Harry's Death

メキシコ、マサトランにて。三ヵ月後

ハリーが死んで以来、何もかもが変わってしまった。たとえば、僕が今ここにいることからしてそうだ。こんなことになるなんて、三ヵ月前に誰が予測できただろう。たった三ヵ月の後には僕がメキシコにいて、ハリーが死んで埋められてしまっているなんて。気の毒なハリー！　彼は死んで埋められてしまった。でも忘れられてはいない。

彼の死の知らせを耳にしたとき、僕は仕事に出かける気になんかなれなかった。本当に呆然自失という感じだった。僕らが一緒に働いていたフランクズ・カスタム自動車修理店でフェンダーと車体の係をしていたジャック・バージャーが、朝の六時半に電話をかけてきた。そのとき僕は朝食の席に着く前に、コーヒーを一杯飲み、煙草を吸っているところだった。

「ハリーが死んだぞ」と彼は前置きもなしに言った。まるで爆弾でも落とすみたいに。「ラジオをつけてみろ」と彼は言った。「テレビをつけてみろ」

警察がジャックの家にやってきて、ハリーのことで彼にさんざん質問を浴びせてから引き上げていったところだった。すぐに署まで来て、遺体の身元確認をするようにと彼らは言った。連中はたぶん次にお前のところに行くぞ、とジャックは言った。彼らがまずジャックの家に行ったことに対して、僕には合点がいかなかった。というのは、彼とハリーはとくに仲がいいというわけではなかったからだ。少なくとも、僕とハリーほどには親しくない、ということだ。

僕にはその話が信じられなかった。ひどいショックをうけたような気分で、朝御飯のことなんかすっかり忘れてしまった。でもジャックがわざわざ電話をかけてくるからには、それは本当のことにちがいない。僕はラジオのダイヤルを回しつづけて、ようやくそのニュースを捜し当てた。一時間かそこら、僕はラジオの前に座っていた。そしてハリーのことを思い、ラジオが伝える情報を聞きながら、ますます動揺を深めていった。世間にはハリーが死んだことを知ってもちっとも残念だと思わなかったり、それどころか彼が殺されてしまったことを喜んだりするろくでもない連中が数多くいることだろう。たとえば奴の女房がそうだ。彼女はサンディエゴに住んでいて、二人はもう二年か三年のあいだ会っていないのだけれど。彼女はきっと喜ぶだろう。僕がハリーから聞いた話によれば、彼女はそういうタイプの女だった。彼女は、ハリーが他の女と一緒になるのが嫌だからというだけの理由で、離婚に同意しなかった。離婚なんて断じてしませんからね、ということ。でもこれでもう彼女には心配する必要がない。ハリーが死んだと知っても、悲しくもなんともない。でもリトル・ジュディスの方はそうはいかない。

今日は休ませてほしいという電話を仕事場に入れてから、家を出た。フランクは多くを語らなかったけれど、気持ちはわかるよと言った。俺だってそうしたいのはやまやまだけどさ、と彼は言った。でも店を閉めちまうわけにはいかんのだよ。ハリーもきっとそう望んだにちがいないよ、と彼は言った。フランク・クロヴィー。彼は職工長を兼ねた店のオーナーで、そして僕がこれまでに働いたボスの中では最高の男だ。

僕は車に乗り込み、レッド・フォックスのある方向に向けて車を走らせた。レッド・フォックスというのは、ハリーや僕やジーン・スミスやロッド・ウィリアムズやネッド・クラークやその他の連中が、仕事の退けたあとの夜の溜まり場に使っていたところだ。もうそのころには時刻は八時半になっていて、道は混んでいた。だから僕は運転に神経を集中しなくてはならなかった。それでもやはり、気の毒なハリーのことにどうしても頭が行ってしまった。

ハリーは抜け目のない男だった。彼はいつも何かに手を出していた、ということだ。ハリーと一緒にいると、退屈するということがなかった。はっきり言って、彼は女に関してはたいしたものだった。金に不自由するということがなく、優雅に暮らしていた。彼は頭の切れる男だった。どうしてそんなにうまく事が運ぶのかよくわからないけれど、たとえどんなうさんくさいことに関わっても、いつもバラのような匂いをふりまいてそこから出てきた。たとえば奴が乗り回していたジャガーだ。新車同様の二万ドルもする車だった。でもそれは以前一〇一号線で大事故にあっておしゃかになった代物だった。ハリーはそれを保険会社からただ同然で引き取って、自分の手で新車みたいに直してしまったのだ。ハリーはそういうタイプの男だった。それから三十二フィートのクリス・クラフト社製キャビン・クルーザーを持っていた。ロス・アンジェルスの叔父さんが彼に遺産として残してくれたものだったが、ハリーはそれをおおよそ一ヵ月しか所有していなかった。二週間ばかり前にそれを見に行って、沖合に出してちょこちょこっと乗り回しただけだった。しかしハリーの女房の問題があった。彼女は法律的にはその権利の一部を有していることになる。仮に彼女がそのことを聞きつけても、手出しができないようにしておくために――彼はその時点ではまだ実際にボートを目にしてもいなかったのだが――弁護士のところに行って、その船がそっくりそのままリトル・ジュディスの手に渡るように書類を作った。八月になってハリーの休暇が取れたら、二人はそれに乗ってどこかに旅行に出かけようと計画していた。ついでに言えば、ハリーはいたるところに旅行していた。彼は軍隊にいるときにヨーロッパに駐在していて、ありとあらゆる国の首都や有名なリゾート地に行ったことがあった。ド・ゴール将軍が狙撃されたときには、群衆の中の一人としてそこにいた。彼はあらゆるところに行って、あらゆることをした。それがハリーだ。ところがもうこの世にはいない。

レッド・フォックスには（それは朝早くから開いているのだが）、一人の客がいただけだった。彼はカウンターのいちばん端に座っていたが、僕の知らない男だった。バーテンダーのジミーはテレビをつけていて、僕が入っていくと頷くようにして挨拶した。彼は赤い目をしていた。ジミーの姿を見たとき、ハリーの死はあらためてしみじみと僕の胸にこたえた。テレビでは古い「ルシール・ボール＝デジ・アーネス・ショー」が始まったところだった。ジミーは長い棒でチャンネルを回し、別の局に変えた。でも今はハリーについてのニュースはどこの局でもやっていなかった。

「まったくなんてことですかね」とジミーは頭を振りながら言った。「よりによってあのハリーがねえ」

「まったくだよ、ジミー」と僕は言った。「よりによってあのハリーがなあ」

ジミーは強い酒を二人分注ぎ、自分の分をまばたきひとつせずにぐいとあおった。「なんだかまるで自分の兄弟を亡くしちまったような気がするんですよ。こんなひどいことってちょっとないや」彼はもう一度首を振って、それからしばらくじっと自分のグラスを眺めた。彼は既に出来上がっているようだった。

「もう一杯ずつやりましょうや」と彼は言った。

「今度のにはちょっと水を入れてもらえるかな」と僕は言った。

その朝は、ハリーの友達の何人かが時おりふらっとそこに顔を見せた。ジミーが一度ハンカチを出して鼻をかむのを目にした。バーの向こうの端っこに座っていた見知らぬ男がジュークボックスで何かをかけようというような素振りを見せた。しかしジミーはそっちに行って、プラグをぎゅっと摑んで引っこ抜き、その男のことを睨みつけて、とうとう追い出してしまった。我々はあまり口をきかなかった。いったい何を話せばいいのだ。我々はまだ呆然としたままだった。とうとうジミーが空のシガーボックスを持ち出してきて、カウンターの上に置いた。花輪の金を集めはじめた方がいいだろうな、と彼は言った。我々の全員がそれに賛同して一ドルか二ドルを入れた。ジミーはグリース・ペンシルでその箱の上に〈ハリー基金〉と書いた。

マイク・デマレストが入ってきて、僕の隣の席に座った。彼はTNTクラブのバーテンダーだった。「いや、びっくりしたのなんのって！」と彼は言った。「クロック・ラジオでニュースを聞いたんだ。女房が仕事に出掛ける支度をしていたんだが、俺を起こしてこう言うんだ、『これ、あんたの知り合いのハリーのことじゃないの？』ってな。もう引っくり返っちまったよ。なあジミー、ダブルと、それからチェーサーにビールくれよ」

ちょっとしてから彼は言った。「リトル・ジュディスはどんな具合だ？ 誰かリトル・ジュディスに会った奴いないか？」彼が目の端っこの方で僕を見ているのが感じられた。でも彼に話すことなんて何もなかった。ジミーが言った、「彼女は今朝ここに電話をかけてきたよ。ずいぶん取り乱しているみたいだったな。可哀そうに」

それからまた一杯か二杯飲んだあとで、マイクは僕の方を向いて言った。「あんた、彼の遺体を見にいくのかい？」

僕はちょっと間を置いて答えた。「そういうのあまり好きじゃないんだ。たぶん行かない」

マイクはそれはわかるよ、と言うように頷いた。しかしその少しあとで彼と目が合った。彼はカウンターの背後の鏡に映った僕のことをじっと見ていたのだ。もう既にお気づきかもしれないが、念のためにいちおう説明しておくと、僕はこのマイク・デマレストという男が好きではない。彼に好意を持ったことなんて一度もないし、ハリーだってそれは同じだ。よくそのことについて二人で話し合ったものだ。でも世の中ってそういうものだ。まっとうな人間がくたばって、ろくでもない奴らが生き残る。

そのときになって、手のひらが汗でべっとりとして、内臓が鉛みたいに感じられることに気づいた。そしてそれと同時に、こめかみのあたりで血管がずきずき激しく脈を打っているのを感じた。一瞬、このまま気を失うんじゃないかと思った。僕はストゥールから下りて、マイクに会釈し、「元気でな、ジミー」と言った。

「ああ、あんたも」と彼は言った。

外に出ると、少し壁にもたれかかって、なんとか体をしゃっきりさせようとした。考えてみれば朝から何も食べていない。不安やら、落ち込みやら、飲んだ酒やらのことを考えれば、頭がくらくらしても不思議はなかった。でも何も食べたくなかった。食べ物なんて一口も喉を通りそうにない。通りの向かい側にある宝飾店の上の時計は十一時十分前を指していた。ばたばたといろんなことがあって、どう考えてももう夕方近くだろうという気がしたのだが。

リトル・ジュディスの姿を見かけたのはちょうどそのときだった。彼女はゆっくりと角を曲がり、歩いてやってきた。前かがみになって、がっくりと肩を落とし、その顔には悲痛きわまりない表情が浮かんでいた。それを目にして僕の胸は痛んだ。彼女はクリネックスをごっそり一束手に持っていた。一度足をとめて、鼻をかんだ。

「ジュディス」と僕は声をかけた。

彼女は何か声を上げたが、それは銃弾のように僕の心臓に突き刺さった。僕らは歩道の上で、お互いの体に腕をまわして抱き合った。

僕は言った。「ああジュディス、なんてひどいことだろう。何か役に立てることがあったら遠慮なく言ってくれよ。本当になんでもするよ。わかったかい？」

彼女は頷いた。彼女は口をきくこともできなかった。僕らはそこに立ってお互いの体をさすったり叩いたりしていた。僕は彼女を慰めるために、頭に浮かんだことを片っ端から口にし、そして二人とも鼻をすすっていた。彼女は少しのあいだ体を放した。そしてぼうっとした目で僕を見た。それからまた両腕で僕を抱きしめた。

「信じられない。私にはとても信じられないわ。どうしても」と彼女は言った。「どうしてもそんなこと信じられない」彼女は片手で僕の肩をぎゅっと摑み、別の手で僕の背中をぱたぱたと叩いていた。

「でも本当に起こったんだよ、ジュディス」と僕は言った。「テレビでもラジオでもニュースで言ってた。今日の夕刊には載るよ」

「嘘よ、嘘よ」と彼女は言って、もっと強く僕の肩を摑んだ。

頭がまたくらくらしはじめていた。頭のてっぺんに太陽の光が強烈に当たっているのが感じられた。彼女はまだ僕の体に両腕を回していた。僕はその抱擁をほどける程度に体をずらせた。でも僕は相変わらず彼女の腰に腕を回して支えていた。

「来月には二人で旅行に出ることになっていたのよ」と彼女は言った。「昨日の夜だってレッド・フォックスのテーブルで、三時間も四時間もずっと二人でその計画を練っていたのに」

「ねえジュディス、どこかでコーヒーか酒でも飲まないか？」

「中に入りましょうよ」と彼女は言った。

「いや、どこか別の場所にしようよ。ここにはあとでまた寄ればいいさ」

「私、何か食べた方がいいような気がするの」

「それがいいよ」と僕は言った。「僕も何か食べよう」

それからの三日間は突風のように過ぎ去った。僕は毎日仕事場に行った。でもハリーのいない仕事場は寂しく、沈みきっていた。仕事のあとで毎日のようにリトル・ジュディスに会った。夜になるとジュディスの隣に座って、彼女が際限のない沈鬱な思いの中に閉じ籠ったりしないように、心を配った。そしてまた、彼女がやらなくてはいけないことがいくつかあったので、それに付き添って僕もあちこちを回った。彼女を二度葬儀屋に連れていった。最初のとき、彼女は気を失ってしまった。僕自身は中には入らなかった。生きていたときのハリーのことだけを覚えていたかったからだ。

葬儀の前日に、修理工場で働いている全員が金を出し合って、献花のために三十八ドルを集めた。ハリーの親友だったから、僕が代表に選ばれ、花を買いに行くことになった。家の近くに花屋があったことを僕は思い出した。だからまず自分の家に帰って、軽く昼飯を食べ、それからハワード花店に行った。花屋はショッピング・センターの中に、薬局やら床屋やら銀行やら旅行代理店やらと一緒にあった。車を停めて、何歩も歩かないうちに、旅行代理店のウィンドウに貼ってある大きなポスターが僕の目に留まった。僕はウィンドウの前に行って、しばらくそこに立っていた。それはメキシコだった。巨石でできた顔が、太陽のように笑みを浮かべながら、青い海を見下ろしていた。海には小さなヨットがいっぱい浮かんでいて、それはまるで白い紙ナプキンみたいに見えた。浜辺では、ビキニ姿の女たちがサングラスをかけてぶらぶら歩き回ったり、あるいはバドミントンをしたりしていた。僕はそのウィンドウの中にあるポスターを全部見た。その中にはドイツやら、楽しき英国《メリー・イングランド》やらのポスターもあったが、僕の目はつい、その笑みを浮かべた太陽やら、ビーチやら、女たちやら、小さなヨットやらの方に戻ってしまうのだった。最後に僕はウィンドウに移った自分の顔を見て髪をとかし、姿勢を正してから、花屋に入った。

翌朝フランク・クロヴィーがちゃんとしたズボンに白いシャツとネクタイという格好で仕事場にやってきた。もしこの中でハリーの葬式に出たいものがいたら、仕事を抜けてもいいぞ、と彼は言った。大抵の連中は着替えるために家に帰り、葬儀に参列し、そのあとは早引きすることにした。ジミーはハリーを追悼する意味で、レッド・フォックスに軽食を少し用意した。彼は何種類かのディップやポテトチップやサンドイッチなんかをテーブルに並べた。僕は葬儀には出なかったが、夕方近くにレッド・フォックスに立ち寄ってみた。リトル・ジュディスももちろんそこにいた。彼女はきちんとした服を着て、ほとんど夢うつつという状態でうろうろと店内を歩き回っていた。マイク・デマレストもそこにいた。そして僕は、彼がときどきちらちらと彼女に目を向けているのを見て取った。彼女はそこにいる男たちのひとりひとりと、ハリーの話をして回っていた。「ハリーはあなたのことをとても大事に思っていたのよ、ガス」とか、「ハリーはきっとそれを聞いたら喜んだでしょうね」とか、「ハリーはその部分を何より気に入ったと思うわ。ハリーはそういう人だったものね」とか言って歩いていたのだ。二、三人の男は彼女の体を抱いて、お尻をぽんぽんと叩いたり、なれなれしくしていたので、僕はもう少しで彼らに向かって、もういい加減にしろと言いそうになったくらいだった。何人かのろくでもない連中が顔を見せた。生前のハリーがろくに口をきいたこともないような連中だった。ハリーが奴らの顔をまともに見たことがあるかどうかさえ疑わしい。そんな奴らがやってきて、なんて痛ましい出来事だろうとかなんとか言って、ビールを飲み、サンドイッチを食べていくのだ。七時になってみんなが引き上げてしまうまで、リトル・ジュディスと僕はそこにいた。それから僕は彼女を家まで送った。

ここまで話したら、あとのだいたいの筋はおわかりなのではないかと思う。リトル・ジュディスと僕は、ハリーが死んだあと親しく付き合うようになった。僕らは毎日のように映画を観にいき、それからバーに行くか、あるいは彼女の家に行くかした。一度だけレッド・フォックスに顔を出した。でもそのあと僕らは二度とそこには行かなかった。彼女とハリーが一緒に行ったことのない新しい店に僕らは行くようになった。葬儀から間もないある日曜日に、二人で花と花瓶を持ってゴールデン・ゲート墓地にハリーの墓参りに行った。でもハリーの墓石はまだできておらず、一時間捜し回っても彼の墓を見つけることができなかった。リトル・ジュディスはあっちこっちを走り回っては、「ねえここよ、ねえここよ！」と叫んでいたが、どれもみんな違う人の墓だった。結局、僕らはすっかり落ち込んで墓地をあとにした。

八月になると、僕らはヨットを見るために車でロス・アンジェルスに行った。まったく見事な代物だった。ハリーの叔父さんはそれをぴかぴかに手入れしていたし、ヨットの世話をしているトマスというメキシコ人の男の子は、もしお望みとあらば世界一周だってできますよ、と言った。リトル・ジュディスと僕はそのヨットを見て、それからお互いの顔を見た。期待していたより実物の方がずっとよかったなんてことは、世の中にはそんなにない。だいたいはその逆だ。でもそのヨットに関しては、我々の期待は良い方に裏切られていた。まさかそんなに立派なものだなんて、夢にも思わなかった。サン・フランシスコに戻る途中、来月になったら短いクルーズに出てみようと話を決めた。そして九月の、レイバーデイのある週末のちょっと前に、僕らは旅行に出た。

初めにも言ったように、ハリーが死んでからいろんなことががらっと変わってしまった。今ではもう、リトル・ジュディスまでが僕の前から姿を消してしまった。彼女は悲劇的な、そして今もって謎に満ちたかたちで、どこかに消えたのだ。それが起こったのはバハの海岸の沖合だった。リトル・ジュディスはまったくの金槌なのだが、気がついたらいなくなっていた。夜のあいだに甲板から海に落ちたとしか思えない。彼女がそんな夜中に甲板で何をしていたのか、あるいは何が原因で海に落ちたりしたのか、それは僕にもトマスにもわからなかった。わかっているのは、翌朝になったら彼女の姿が見えなかったこと、そして僕らは何も見なかったし、悲鳴も聞かなかったということだけだ。彼女は煙のようにぽっと消えてしまった。これは神に誓って真実であるし、数日後にグアイマスに立ち寄ったときにも、同じことを警官に向かって言った。僕の妻が、と僕は言った。幸運なことに、サン・フランシスコを出航するちょっと前に僕らは結婚していたのだ。だからそれはハネムーン旅行になるはずだった。

ハリーが死んでから事情が大きく変わったと言った。今僕はマサトランにいて、トマスが土地の案内をしてくれている。アメリカにいたら、とても想像もつかない風景だ。我々の次の目的地はマンサニーヨ、トマスの故郷である。それからアカプルコだ。お金がなくなるまで、こうして旅を続けるつもりだ。それから陸に上がって、しばらく働き、それからまた出発しよう。ハリーもこんな風に生きたかったんだろうなとふと思うことがある。でも今となっては、彼が何を考えていたかなんて誰にもわかりはしない。

僕は生まれながらの放浪者なのかもしれない。ときどきそう思う。

雉子

The Pheasant

ジェラルド・ウェーバーには話すべき言葉が残されていなかった。黙りこくったまま車を運転しつづけた。シャーリイ・レナートはこんなに長い時間彼と二人きりになったことがなかったので、それが物珍しく、最初のうちは眠らずに起きていた。彼女はカセット・テープを何本かかけた。クリスタル・ゲイルとかチャック・マンジョーネとかウィリー・ネルソンのテープだ。それから明け方近くになるとラジオのダイヤルをいろんな放送局に次から次へと合わせていった。海外ニュースやローカル・ニュース、天気予報から農村レポート、マリファナの母乳に及ぼす影響についての早朝相談室に至るまで、長い沈黙を埋めてくれるものならなんだってよかった。時おり煙草を吸いながら、彼女は大型車のがらんとしたうす暗がりの中で彼の方に目をやった。カーメルの自分のサマーハウスから百五十マイルかそこら離れたカリフォルニア州サン・ルイス・オビスポとポターのあいだあたりで、彼女はジェラルド・ウェーバーがまずい買い物であったことを悟る羽目になった。またまた同じ失敗、と彼女はうんざりした気分で思いかえし、そして座席で眠った。

外をひゅうひゅうという音をたてて過ぎていく風の音にまざって、彼女の耳ざわりな寝息が聞こえた。彼はラジオを消し、自分が一人になれたことにほっとした。だいたい真夜中にハリウッドを出発して三百マイルのドライブに出ること自体がまちがいだったのだ。しかしその夜、三十歳の誕生日の二日前の夜、彼は自分でもわけがわからなくなっていて、君のビーチハウスまで車でいって二、三日そこにいないかと彼女にもちかけたのだ。夜の十時で、二人はまだマーティニを飲みつづけていた。場所が街を見下ろす中庭《パティオ》に移っていただけだ。「いいわよ」と彼女は言って、指先で酒をかきまわし、バルコニーの手すりにもたれた彼を見た。「行きましょう。この一週間にあなたが思いついた中では最高の提案だわ」そして指先についたジンを舐めた。

彼は路面から目をはなした。彼女は眠っているというよりは意識を失ったか重傷を負ったみたいに見えた。——まるでビルの上から落ちたみたいだ。彼女はねじれた姿勢でシートに寝転んでいた。片脚が体の下で折れまがり、もう一方の脚は床すれすれにぶらさがっていた。スカートがももの上までめくれあがり、ストッキングのいちばん上とガーター・ベルトと、そのあいだの白い肌が見えた。肘掛けを枕にし、口はぽかんと開いていた。

夜中じゅう雨が降ったり止んだりしていた。夜明けとともに雨は上がったが、ハイウェイはまだ黒く濡れて、道の両側の空き地のくぼみが小さな水溜まりになっているのが見えた。彼はまだ疲れてはいなかった。気分はそれほど悪くない。何かをやっているというのはいいものだ。ハンドルを握って、何も考える必要もなく運転しているとほっとした気持ちになれた。

視野のすみに雉子の姿がうつったとき、彼はちょうどヘッドライトを消して車のスピードを落としたところだった。雉子は低空を速いスピードで飛んでいて、その飛ぶ角度からするとちょうど車と衝突するのではないかと思われた。彼はブレーキを踏もうとしたが、思い直してスピードをあげ、ハンドルを握りしめた。どすんという大きな音を立てて、鳥は左側のヘッドランプにぶつかった。そしてフロント・グラスに羽毛と一筋の糞のあとをつけて後ろにはねとばされていった。

「ちくしょうめ」、自分のしでかしたことに愕然として、彼は言った。

「何が起こったの、いったい？」彼女はびっくりして目を見開き、もっそりと体を起こして言った。

「何かにぶっつけちまった。……雉子かな」車を停めると、割れたヘッドランプのかけらが舗道に落ちるカランという音が聞こえた。

彼は車を路肩に寄せ、外に出た。空気は湿っぽくひやりとしていた。かがみこんで車の被害を調べながら、彼はセーターのボタンをかけた。ギザギザになった幾片かのガラスを残して、ヘッドランプはなくなってしまっていた。彼はしばらくふるえる指でそれをとりはずそうとした。フロント・フェンダーの左側にも小さなへこみがみつかった。へこみにはべっとりと血がついていて、灰褐色の羽毛がこびりついていた。雌の雉子。彼は衝突の直前に一瞬その姿を目にした。

シャーリイは彼のいる方の側に体をのばして、ボタンを押してウィンドウを開けた。彼女はまだ半分眠っていた。「ねえジェリー」と彼女は言った。

「すぐ終わるからさ、車の中にいて」と彼は言った。

「なんで私が外に出なきゃならないのよ」と彼女は言った。「いいから急いでやってよ」

彼は路肩に沿って後方に歩いた。トラックが一台霧のような水しぶきとともに通りすぎていった。轟音を立てて通りすぎるとき、運転台の男は顔を出して彼を見た。ジェリーは寒さに肩を丸めながら、路面に割れたガラスがちらばっているところまで歩いていった。そしてその先まで行って、道ばたの濡れた草むらの中を探し、鳥をみつけた。手を触れる勇気はなかったが、彼はしばらくそれを見ていた。ぐしゃりとつぶれて、目を見ひらき、くちばしにも鮮やかな色の血が一滴とんでいた。

車に戻ると、シャーリイが訊ねた。「いったいどうなっちゃったの？　車の具合はどうなの？」

「ヘッドライトが割れて、フェンダーに小さなへこみができた」と彼は言った。彼は道の後方に目をやってから、車を車線に入れた。

「死んだの？」と彼女は訊いた。「死んだはずよね、まあ。助かる可能性なんてないものね」

彼は彼女の顔を見て、また道路に目を戻した。「時速百十キロは出てたからね」

「私、どれくらい眠ってたのかしら？」

彼が答えないでいると、「頭痛いわ」と彼女が言った。「ひどい頭痛。カーメルまであとどれくらい？」

「二時間」と彼は言った。

「何か食べてコーヒーを飲みたいわ。そうしたら頭の具合もちょっとマシになるかもしれない」と彼女は言った。

「次の町で休もう」と彼は言った。

彼女はバックミラーを曲げて自分の顔を点検した。そして指で目の下のあたりをあちこちとさわった。それからあくびをし、ラジオのスイッチを入れ、つまみをぐるぐる回し始めた。

彼は雉子のことを考えた。それはたしかにあっという間の出来事ではあったが、自分が故意に車を鳥にぶっつけたことははっきりとしていた。「君は本当はどの程度僕のことを知ってるんだろう？」と彼は言った。

「なんですって？」と彼女は言った。そしてちょっとのあいだラジオをいじるのをやめてシートにもたれた。

「君はどの程度僕のことを知ってるんだろうって訊いたんだ」

「何が言いたいのかさっぱりわかんないわね？」

彼は言った、「どれくらい僕のことをわかってるかって訊いたんだ。それだけの質問」

「こんな朝っぱらから、なんでそんな質問しなきゃいけないのよ？」

「我々はただ話をしてるんだよ。それで僕は、君はどれくらい僕のことをわかっているかって訊いたんだ。たとえば僕が」――どう言えばいいんだろう――「信頼できそうかどうかとかさ」いったい何を質問しているのか、自分でもよくわからなかったが、自分が何かしら危ういものに手をかけているという感じがした。

「それ大事なことなの？」と彼女は言った。じっと彼の顔を見ながら。

　彼は肩をすくめた。「君がそうじゃないって言うんなら、べつにそれはそれでいいさ」そして路面に神経を集中した。少なくとも最初のうちは愛情のようなものもあったのにな、と彼は思った。二人が同棲するようになったのは、ひとつには彼女がそうしないかともちかけたためだったが、もうひとつにはパシフィック・パリセーズのアパートメントに住む友達のパーティーで初めて彼女に会ったとき、彼としては彼女が自分に与えてくれそうな種類の暮しを求めていたからだった。彼女は金持ちで、コネクションも持っていた。金よりはコネクションの方が重要だ。しかしコネクションがあって金があるとなれば、こいつは鬼に金棒だ。彼の方はUCLAの演劇科の大学院を出たばかり――といってもそんな人間なんて実に街中にあふれている――で、学生演劇の公演を別にすれば、ギャラが支払われて名前が出るような役についたこともなかった。おまけにオケラときている。彼女は彼より十二歳年上で、二度結婚し二度離婚していたが、かなりの金は持っていたし、いろんな人々の集まるパーティーに彼を連れていってくれた。そのおかげでいくつかの端役をもらうことができた。仕事があるのは年にせいぜい一ヵ月、二ヵ月というところだったが、それでも彼はやっと役者と自称できる身分になれたわけだ。それ以外のときは、この三年というもの、彼は彼女の家のプールのわきに寝転んで日光浴したり、パーティーに顔を出したり、あるいはシャーリイと二人であちこちうろつきまわって過ごした。

「もうひとつ質問させてくれ」と彼は言った。「君は僕のことを、自分のためにならないようなことをする人間だと思う？」

彼女は彼を見て、親指の爪でコツコツと歯を叩いた。

「どう？」と彼は言った。話がどういう場所に行きつくのかまだはっきりとはわからなかったけれど、彼としてはその線をもっと先の方まで追求してみたかった。

「何がどうなのよ？」と彼女は言った。

「言ったこと聞こえただろう？」

「するでしょうね、ジェラルド。そうすることがその時点で重要であるとしたら、あなたはそうするだろうと思うわ。さあこれ以上もう質問はしないで、お願い」

日が昇り、雲に切れ間が見えはじめていた。次の町のいろんな店の案内看板が目につきはじめた。車の数も増えてきた。道路の両側の野原は雨に濡れていきいきとした緑色に映え、朝日を受けてまぶしく輝いていた。

彼女は煙草を吸いながら、窓の外を見ていた。そして話題を変えるように努めるべきかどうか考えた。しかし彼女の中ではまただんだん苛立ちがつのってきた。こんなのってもううんざりだ。彼の誘いになんてのらないでそのままハリウッドに残っていればよかったのだ。彼女は飽くことなく自己発見につとめたり、物事を深く考えこんだり内省的だったりするタイプの人間は大の苦手だった。

「ねえ！　ほら、あそこ見てよ」と少したって彼女は叫んだ。

左手の野原に農園労働者の住む移動バラックがかたまっているのが見えた。バラックは地上から二、三フィートの高さの台木にのせられて、次の場所にトラックで運ばれるのを待っていた。全部で二十五か三十くらいのバラックがあった。バラックは地上からもち上げられ、あるものは道路の方を向き、あるものは別の方を向けて置かれていた。なんだかまるで土地の隆起があったみたいな感じだった。

「ほら、あれ見て」と通り過ぎざまに彼女は言った。

「ジョン・スタインベックだ」と彼は言った。「スタインベックの世界だな」

「なんですって？」と彼女は言った。「ああ、スタインベックね。ああそう、スタインベック」

彼は目を細め、雉子を見たときのことを思い浮かべてみた。そしてその鳥に車をぶっつけてやろうと思ってぐいと足でアクセルを踏みこんだことを思いだした。彼は何かを言おうとして口を開きかけたが、言葉はひとことも出てこなかった。雉子を殺したいというその一瞬の衝動に対して――その衝動に基づいて自分は行動したのだ――彼は自分でも戸惑ったし、それと同時に深く心を動かされ、また恥じもした。ハンドルを握る手がこわばった。

「もし僕がわざと雉子を殺したって言ったらどうする？　車をわざとぶっつけてさ？」

何を言ってるのかしらという風に彼女はしばらく彼の顔を見つめた。彼女はひとこともロをきかなかった。何かが彼の中ではっきりとした形をとった。あとになって思ったのだが、それはひとつには彼女の顔にもうそんな話はあきあきしたといった無関心さがうかがえたせいであり、またひとつにはそれとは関係なく、彼の心が自然にそういう結論へと動いていったからだった。いずれにせよ彼は突然、自分がもう何の価値観も持たぬ人間であることを悟った。〈評価基準不在〉というのがそのとき彼の頭に浮かんだ文句だった。

「それは本当なの？」と彼女は言った。

彼は肯《うなず》いた。「危険といえば危険なことだ。フロント・グラスをつき破ってたかもしれない。でもそれだけじゃないんだ」と彼は言った。

「そうね、それだけじゃないのよね。あなたがそう言うんだものね、ジェリー。でもそんなことを言われても私驚かないわよ。お気の毒だけど、私は驚かないわ」と彼女は言った。「あなたが何しても、私はもう驚かされないの。まあ一人で楽しんでいなさいな」

二人はポターの町に入った。彼は車のスピードを緩め、広告看板で見たレストランを探しはじめた。彼はダウンタウン地区に数ブロック入ったところでそのレストランをみつけ、正面の砂利敷きの駐車場に車を入れた。まだ朝も明けたばかりで、彼が大型車を停めてブレーキをセットすると、店内のいくつかの顔がそちらに向けられた。彼はイグニション・キーを抜き、二人はシートの上で横を向いて互いに顔を見合わせた。

「もうおなかすいてないわ」と彼女は言った。「実をいうとね、あなたのおかげですっかり食欲が消えちゃったのよ」

「僕も自分のおかげで食欲がなくなっちまったよ」

彼女はじっと男の顔から目を離さなかった。「ねえ、ジェラルド、自分がこれからどうすればいいかあなたわかってるの？　なんとかした方がいいんじゃない？」

「考えてみよう」彼はそう言って車のドアを開け、外に出た。彼は車の前で身をかがめて割れたヘッドランプとへこんだフェンダーを調べた。それから彼女の席の側にまわってドアを開けた。彼女は少し躊躇したが、結局外に出た。

「キー」と彼女は言った。「車のキーをちょうだい」

まるでなんだか映画の撮影みたいだな、と彼は思った。五回めだか六回めだかの撮りなおしだ。でも次の場面がいったいどうなるのか、彼にはまだわからなかった。突然疲労感が骨の髄にまで浸みこんだが、気分そのものは高揚していたし、何かの瀬戸際に立っているようにも感じられた。彼がキーを渡すと彼女はその手を閉じて、こぶしを作った。

彼は言った。「そろそろおわかれのようだね、シャーリイ。メロドラマ風にはなりたくないけど」二人はレストランの正面に立っていた。「僕はなんとか生活を立てなおすよ。最初に仕事をみつける。定職にね。しばらくのあいだは誰とも会わない。それでいいかい？　めそめそするのもなし。君さえよければ、このまま友達でいよう。二人でこれまでけっこう楽しくやってきたんだものね」

「ねえジェラルド、私にとっちゃあんたなんてゼロなのよ」とシャーリイは言った。「このろくでなし。あんたなんかどっかでくたばっちまえばいい」

女が手の甲で男の頬をぴしゃりと叩くと、レストランの二人のウェイトレスとつなぎ服姿の数人の男が、何が起こったのかと正面の窓に寄ってきた。みんなは最初はびっくりしたが、そのうち事のなりゆきを楽しんで眺めるようになった。駐車場の女は今では指をぶるぶると震わせながら道路を指さしていた。すごくドラマティックだった。しかし男の方は既にすたすたと歩きはじめていた。彼は後ろを振り向きもしなかった。中にいる人々には女の台詞は聞こえなかったけれど、男が立ち止まらずにずっと歩きつづけていることから、だいたいの見当はついた。

「かっこいい」とウェイトレスの一人が口を開いた。「彼女なかなかやるじゃないさ」

「女の扱い方を知らんやつだ」と一部始終を見ていたトラック運転手が言った。「戻ってきて女を叩きのめしちまえばいいのに」

みんなは何処に行ったのか？

Where Is Everyone ?

私はいろんなものを見てきた。二、三日泊めてもらおうと思って、母の家まで行った。でも階段のいちばん上まであがったところで、母がソファーの上でどこかの男とキスしているのを目にした。夏のことで、ドアは開けっぱなしになっていた。カラー・テレビがついていた。

母は六十五歳で、ひとり暮らしである。独身者会に入っている。でもたとえそうだとしても、そんな事情がわかっているにせよ、それは私にはこたえることだった。私は階段のいちばん上に立って、手すりに手をのせたまま、その男が母をひしと抱き寄せてキスするのを見ていた。日曜日の、午後の五時ごろだった。アパートメント・ハウスの人々が、プールに入っていた。私は階段を下りて、自分の車に戻った。

その午後から今に至るまで、実にいろんなことがあった。おおまかに言えば事態は好転している。でもその当時、母は会ったばかりの男といちゃついているし、私は失業中で、酒びたりで、頭がおかしくなっていた。私の子供たちも頭がおかしくなっていて、妻も頭がおかしくなっていて、彼女はＡＡ（訳者註　アルコール中毒治療会）で出会った失業中の航空宇宙学の技術者と「いい仲」になっていた。その男も頭がおかしくなっていた。彼の名前はロスといって、五人か六人の子供がいた。最初の女房に撃たれた傷のせいで、片足をひきずっていた。彼はそのときは独身だった。そして私の妻と一緒になりたいと思っていた。そのころ我々がみんないったい何を考えていたのか、ほとんどわけがわからない。ロスの二度目の女房はもういなくなっていた。しかし何年か前に彼の腿を撃ってまともに歩けなくしたのは、最初の女房だった。そしてもし半年ごとの慰謝料の支払いが滞れば、彼女の胸ひとつで法廷入りしたり、あるいは刑務所入りしたりする身になっていた。彼がうまくやっていていればいいのだがと今では思っている。しかしそのころはとてもそんな風には思えなかった。当時は一度ならず銃を使ってやると口にした。「あの野郎、殺してやるからな」と私は妻に言ったものだった。そう怒鳴ったのだ。でも何も起こらなかった。物ごとはだらだらと進み続けた。私は一度もロスに会ったことはなかった。電話で何度か話をしたことがあるだけだった。妻のパースの中身を調べたとき、その中に彼の写真を二枚みつけた。チビというほどではないにせよ、背の低い男だった。口髭をはやし、縞模様のジャージーを着て、子供が滑り台を下りてくるのを待っていた。もう一枚の写真では、彼は家の前に立っていた。私の家だろうか？　よくわからない。両腕を組み、まともな服を着て、ネクタイをしめていた。ロス、糞野郎め、私はあんたが元気で暮らしていることを祈っているよ。そして状況も好転しているようにとな。

その前に彼が刑務所に入れられていたとき、その日曜日の一ヵ月前のことだが、私の妻が彼の保釈金を払いに行ったと教えてくれたのは私の娘だった。娘のケイトは十五歳だったが、私に負けず劣らずそのことを面白くなく思っていた。別に彼女が私に対して忠義立てしたからではない。彼女は私に対しても妻に対しても、忠義なんかこれっぽっちも抱いてはいなかった。彼女としては、必要とあらば喜んで我々を裏切っただろう。娘が私に通報したのは、我が家に深刻な金銭問題が存在していたからだ。何がしかの金がロスのところに渡るというのは、彼女の必要としているお金の取り分がそれだけ減ることを意味した。そこでロスも彼女の攻撃目標に名を連ねることになったわけだ。それに加えて、彼女はロスの子供たちが好きではなかった。しかし娘は一度私にこう言ったことがある。だいたいにおいてロスは悪い人じゃないわ、飲んでいないときは愉快で面白い人といってもいいくらい。私の運勢まで見てくれたことがあるのよ。

彼はいろんなものの修理をして時間を潰していた。彼は航空宇宙産業の中でそれ以上職を保持していることができなくなったのだ。でも私は彼の家を外から見たことがある。そこはまるで粗大ごみ捨て場みたいに見えた。ありとあらゆる種類と型の古い機械、道具類がそこに置かれていた。もう二度とものを洗ったり、調理したり、演奏したりできそうにないものばかりだった。それらはすべて、扉のないガレージの中や、引き込み道や、前庭にただ放り出してあった。彼はまたポンコツ車を何台か手元に置いていじくりまわしていた。彼と付き合いだして間もないころ、妻は私に「あの人はアンティック車をコレクションしている」と言った。間違いなくそのとおりに言ったのだ。私は彼の家の前に何台かの車が停まっているのを見た。いったいどんなものか見てみようと思って、彼の家の前を車で通り過ぎたのだ。私が目にしたのは、車体がへこんで、シートが破れた、一九五〇年代と一九六〇年代の車だった。みんなただのポンコツだった。私には彼の正体がよくわかった。我々にはいくつかの共通点があった。二人とも古い車を運転しており、一人の女に懸命にすがろうとしているということだけではなく。にもかかわらず、便利屋か何か知らないが、彼は私の妻の車の調整ひとつまともにできなかったし、うちのテレビが故障して画面が映らなくなっても、その修理もできなかった。うちのテレビは音は出たが、画面が映らなかった。もしニュースを知りたくなったら、我々は夜にテレビのまわりを囲んで、音だけを聞くしかなかった。私はよく酒を飲んで、子供を相手にその修理屋氏についてその冗談を言ったものだった。今思い出しても、私にはわからない。妻は自分でも本当にそのアンティック車云々とか、その手のたわごとを信じていたのだろうか？　でも妻は彼のことが好きだった。愛してさえいたんじゃないか。今ではそれがかなりよくわかる。

シンシアがなんとか酒を断とうとして、AAに週に三度か四度通っていたときに、二人は知り合ったのだ。私も何ヵ月かのあいだ、その集会に顔を出したり出さなかったりしていた。でもシンシアがロスと出会ったとき、私はそんなところには行かず、酒と名のつくものなら手当たり次第に、毎日一瓶は空けていた。でもシンシアが電話で誰かに、私についてこう言っているのを耳にしたことがある。あの人はAAに顔を出したことがあるから、もし本気で助けが必要ならそこに戻ることだってできるのよ、と。ロスもAAに出ていたのだが、やがてまた酒を飲み出した。シンシアは私よりはまだ彼の方に希望が持てると感じていたのだろう。だから禁酒するべくせっせとAAに通い、そのあと彼の家に行って彼のために食事を作ったり、家の掃除をしたりしていた。こういう点においては、彼の子供たちは何の役にも立たなかった。シンシアが家に行って家事をしてやる以外には、みんなは家事なんて一切やろうとはしなかった。しかし子供たちがずぼらになればなるほど、ロスの方は子供たちを更に愛した。それは変な話だった。私はそのまったく逆だった。その当時、私は子供たちのことを憎んでいた。子供の一人が学校から帰ってきて、ドアをばたんと閉めるとき、私はソファーに座ってグレープフルーツ・ジュースで割ったウォッカを飲んでいたものだ。ある日の午後、私は大声で怒鳴りながら息子と取っ組み合いの喧嘩をやった。お前なんか叩きのめしてやる、と私が叫んでいるのを見て、シンシアが間に割って入らなくてはならなかった。お前を殺してやる、と私は言った。「お前なんか殺したって、俺は屁とも思わないいんだからな」、そう言った。

狂気だ。

子供たちは（ケイティーとマイクだ）、このような末期的な状態をうまく利用して楽しんでさえいた。二人はお互いに向かって、また我々に向かって浴びせかける脅しや罵りの言葉を糧として成長しているかのようだった。暴力と幻滅、日常的な気違い騒ぎ。今の今も、こんなに遠く離れた場所から当時のことを思い出しても、私の胸には彼らに対する嫌悪がこみあげてくる。ずっと昔、一日じゅう飲んだくれるようになる前のことだが、私はイタロ・ズヴェーヴォという名のイタリア人の作家が書いた長篇小説を読んだ。その中に非常に奇抜な話が出てくる。語り手の父親が死にかけていて、家族が彼のベッドのまわりに集まる。彼らは泣きながら、その老人の息が絶えるのを待っている。そのときに老人は目を開けて、彼らのひとりひとりに最後の一瞥を向ける。その視線が語り手に向けられたとき、彼は突然体を動かし、瞳には何かの感情が宿る。そして彼は残された最後の力を振り絞って身を起こし、ベッドからとびだし、息子の顔を思い切り引っぱたくのである。それからベッドに倒れこんで、死んでしまう。私はそのころ、自分が死の床にある情景をよく想像したものだった。そして自分がそれと同じことをするところを思い浮かべた。二人の子供を両方とも引っぱたいて、その上で死に向かう人間だけがあえて口にできるようなすさまじい最後の言葉を彼らに叩きつけるだけの元気があればなあと思った。

しかし子供たちはあらゆる面で気違い沙汰を目にしてきたし、それは彼らの思うつぼだった。私はそう確信していた。二人はそれを食って肥え太ったのだ。彼らは我がもの顔に振る舞えることを、そして我々が罪悪感のせいで彼らに対して強く出られずにいるのをうまく利用できることを、喜んでいた。それはたまには不自由な思いをしたかもしれない。でも子供たちは自分たちのやりたいようにやっていた。我々の家の中で何が繰り広げられようが、そのことで子供たちが情けない思いをしたり意気消沈したりするようなことはなかった。むしろその逆だった。おかげで、子供たちは友達に話す話題に不自由しなかった。彼らが友人たちに身の毛もよだつような話を面白おかしく聞かせているのを耳にしたことがある。私と、そして彼らの母親の身に起こっているおぞましい出来事をひとつひとつ述べたてながら、みんなで大声でげらげら笑っていたのだ。経済的にシンシアに頼っていることを別にすれば(彼女はまだかろうじて教師の職に就いて、給料を受け取っていた)、そのショーは完全に子供たちの手で仕切られていた。そう、それはまさにショーだったのだ。

一度マイクは鍵をかけて母親を家に入れなかったことがあった。それは彼女がロスの家に泊まって朝帰りしたときのことだったが……そのとき自分がどこにいたのか私は覚えていない。たぶん母のところにいたのだろう。ときどきそこに泊まりにいっていた。私は母と一緒に夕食を食べ、母はどれほど自分が私の家のことで心を痛めているかを口にした。それから我々はテレビを見て、話題を別のものに移そうとした。私の家の問題には触れずに、ごく通常の会話を持とうと試みた。母は私のためにソファーに寝支度をしてくれた。彼女が男と抱き合っていたのと同じソファーだと思う。でもとにかく私はそこで眠ったし、そのことで母に感謝したものだ。シンシアは朝の七時に家に帰ってきて、学校に行くために着替えようとした。そしてマイクが家のドアというドア、窓という窓をぜんぶロックして、彼女が中に入れないようにしていることを発見したのだ。彼女は息子の部屋の窓の外に立って、中に入れてくれと懇願した。

お願い、お願い、着替えて学校に行かなくちゃならないのよ、そうしないとクビになっちゃうし、もしそうなったらどうなると思うのよ。あなたはどうなるのよ。私たちはみんなどうなるのよ。彼は言った、「あんたはもうここには住んでないじゃないか。なのにどうして家の中に入れなくちゃならないんだ？」息子は窓の向こうに立ち、怒りで顔を強ばらせながら、母に向かってそう言った。（彼女はあとになって酔っ払ったときに、そのときはしらふであった私に向かってその話をした。私は彼女の手を握って一部始終をききだした。）「あんたはもうここには住んでないんだ」と息子が言ったのだ。

「お願い、お願いよ、マイク」と彼女は懇願した。「中に入れてちょうだい」

彼は母親を中に入れた。彼女は息子に向かってきついことを言った。顔色ひとつ変えずに彼は母親の肩に何発か強いパンチをくれた。ばん、ばん、ばん。それから頭のてっぺんを殴りつけて、あれこれと手荒く扱った。彼女はなんとか服を着替え、化粧をして、学校に飛んでいくことができた。

こういうことが起こったのはそれほど昔ではない。三年くらい前のことだ。まったくすさまじい日々だった。

母とその男をソファーに残したまま、私はしばらく車を運転した。家にも帰りたくなかったし、かといってその日はバーに行く気にもなれなかった。

私とシンシアはときどき二人でいろんなことについて話し合ったものだった。「状況の検討」と私たちはそれを呼んだ。でも、それほどしばしばではないが、我々はおりにふれて、状況とは直接関係のない話もした。ある午後のことだが、居間に二人でいるときに彼女は私にこう言った。「マイクがお腹の中にいるとき、気分が悪くなると、あなたは私をバスルームに連れていってくれた。妊娠中でものすごく気分が悪くて、とてもベッドから起き上がれないようなときに。あなたは私を抱えて連れていってくれた。そんなことをしてくれる人はもうこの先誰もいない。誰ももうそんなには私のことを愛してはくれない。そこまで強くは愛してくれない。何のかのと言っても、私たちのあいだにはそういうものがある。私たちはお互いのことをそれくらい強く愛してきたのよ。他の誰にも負けないくらい。これから先だって、誰のこともそれほど強くは愛せない」

我々は顔を見合わせた。たぶん我々はお互いの手に触れたと思う。そんな気がする。それから私は思い出した。今座っているソファーのクッションの下にウィスキーだかジンだかウォッカだかスコッチだかテキーラだかの半パイント瓶が隠してあることを。早く彼女が何かの用事でここを離れて、どこかに行ってくれないかなと私は思った。

台所に行くのでも、便所に行くのでも、ガレージの掃除をしに行くのでもなんだっていい。

「コーヒーを作ってもらえないかな」と私は言った。「ポット一杯分あればいうことないな」

「何か食べたくない？　スープくらいなら用意できるけど」

「食べてもいいな。でもその前にコーヒーが欲しい」

彼女は台所に行った。私は水道の水音が聞こえるのを待った。それからクッションの下に手を突っ込んで瓶を探した。蓋を開け、そいつを飲んだ。

そんなことはＡＡでは話さなかった。ミーティングでは私はあまり話さなかった。いわゆる「パス」をしたのだ。自分が話をする番になったが、話したくないというときには「今夜はパスさせてください」と言えばいい。でも私は他人の話を聞いては、そのおぞましい話への返礼として首を振り、腹を抱えて大笑いしたものだった。通常、その集会に出るときには酒を一杯ひっかけて行った。そこに出るのは怖かったし、クッキーやインスタント・コーヒー以上のものを必要とした。

しかしそのような愛情や過去について触れた会話は稀だった。我々が口を開くとき、その話題はビジネスのことであり、生き残ることについてであり、最重要事項についてであった。金だ。どこから金が手に入るのか？　電話はもう切られかけている。電気料金、ガス料金もきつい請求を受けている。ケイティーのことはどうするか？　彼女には洋服が必要である。彼女の成績。彼女のボーイフレンドはバイク族である。マイクはこれからどうなるのか？　我々みんなはこれからどうなるのか？「まったくもう《マイ・ゴッド》」と彼女は言ったものだった。でも神様は我々のことなんかかまってはいなかった。彼は我々とはもう手を切ってしまっていたのだ。

私はマイクに陸軍だか海軍だか沿岸警備隊だかに入ってしまってほしかった。彼は手のつけようがなくなっていた。危険人物だった。あのロスでさえ、マイクは軍隊に入った方がいいと思っている、とシンシアが私に教えてくれた。そして彼女は彼の口からそんなことを聞きたくはなかった。でも私はそれを聞いて嬉しかった。我々はその点に関しては意見を同じくしているのだ。私のロスに対する評価はそれで一段上がった。しかしそれはシンシアを怒らせた。マイクは本当にうんざりさせられる子供だったし、暴力的な面を持っていたのだが、彼女はそういうのは過渡的なものだと思っていたのだ。彼女はマイクを軍隊になんか入れたくなかった。でもロスはマイクは軍隊に入って礼儀作法を学ぶのがいちばんだとシンシアに言った。その日の朝早く、ロスの家の引き込み道で二人はこづきあいをやって、マイクがロスを道路に投げ飛ばした。そのあとでロスはシンシアにそう言ったのだ。

ロスはシンシアのことを愛していた。ところが彼はまたベヴァリーという名の二十二歳の娘を妊娠させていた。それにもかかわらず、ロスはシンシアに向かって、愛しているのは君だけだと説き伏せていたのだ。我々はもう一緒に寝てもいないんだから、と彼はシンシアに言った。しかしベヴァリーは妊娠していたし、彼は子供という子供が可愛くてたまらなかった。たとえそれがまだ生まれていない子供であってもだ。そんな彼があっさりと彼女を捨て去れるものだろうか？　シンシアにそういう事情を打ち明けたとき、彼はおいおいと泣いた。彼は酒を飲んでいた（その当時は、いつも誰かしらが酔っ払っていた）。その光景が目に浮かぶ。

ロスはカリフォルニア科学技術専門学校を卒業したあと、すぐにマウンテン・ヴューにあるNASAの研究所に仕事をみつけた。彼はそこで、何もかもが台なしになるまで、十年間働いた。前にも言ったように、私は彼に会ったことはない。しかし私たちは何度かいろんなことについて電話で話し合った。私は一度酔っ払って彼に電話をかけたことがある。私はそのとき何かの情けない問題についてシンシアと言い争っていた。彼の子供たちの一人が電話に出た。ロスが電話に出ると、私は彼を問い詰めた。ただのもし俺が身を引いたとして（もちろん私には身を引くつもりなんてなかった。

嫌がらせで言ったのだ）、お前さんはシンシアとうちの子供たちの面倒を見るつもりがあるのかと。今ローストを切り分けているんだと彼は言った。彼は本当にそう言ったのだ。今ちょうど席に着いて夕食を食べようとしているところなんだよ。私と子供たちとで。あとでもう一度電話してもらえないかな。私は電話を切った。一時間ほどあとで彼が電話をかけてきたとき、私は前に電話したことをすっかり忘れていた。シンシアが電話に出て、「ええ、そう」と言った。それからまた「ええ、そう」と言った。それがロスからの電話で、彼は私が酔っ払っているかどうかシンシアに尋ねているのだとわかった。私は受話器をひったくった。「おい、お前には俺の女房子供の面倒を見るつもりがあるのか、ないのか、どっちなんだ？」今回のことについてはいろいろ申し訳ないと思っている、と彼は言った。でも正直に言って、みんなの面倒を見ることはできかねると思う。「つまり、面倒なんて見られないということなんだな」と私は言った。そしてシンシアの顔を見た。これで話の決着はついただろうと言うように。彼は言った、「そう、見られない」でもシンシアは表情ひとつ変えなかった。あとになってなるほどそういうことだったのかと悟ったのだが、彼ら二人はその問題について既に何度も何度も話し合っていたのだ。だからそんなことを聞いても、ちっとも驚かなかったのだ。彼女は前もって承知していたのだ。

彼がだめになったのは三十代の半ばのことだ。機会さえあれば私は彼のことを笑いものにしたものだ。写真で顔を見たあと、私は彼のことを「いたち」と呼んだ。「お前らのお母さんの恋人はいたちそっくりじゃないか」私は子供たちと一緒にいて話をしているとき、よくそう言ったものだった。「いたちにそっくりだ」と。そして我々は笑った。あるいは「修理屋さん」それは私の気に入った彼のあだ名だった。君には神のご加護があるように、ロス。今では、私は君に何の悪意も抱いてはいない。でもその当時、私が彼のことをいたちと呼んだり、修理屋と呼んだり、あるいは殺してやると脅迫していたころ、彼は私の子供たちにとって、あるいはたぶんシンシアにとっても、落ちた偶像のような存在だった。彼にもかつては人間を月に送る手伝いをした日々があったからだ。私は何度も聞かされたものだ。彼は月面着陸計画に加わっていて、バズ・オルドレンやニール・アームストロングの親しい友人であったということを。もし宇宙飛行士たちが街に来たなら、紹介してやるよと彼はシンシアに言って、シンシアはそれを子供たちに話し、子供たちが私に話してくれた。しかし宇宙飛行士たちは街には来なかったか、あるいは来てもロスに連絡はしなかったようだった。月面探索のあと間もなく、運命の風向きが変わって、ロスは深酒に浸るようになった。彼は仕事をさぼるようになった。そのころから最初の奥さんとのトラブルが始まった。

最後の頃には、彼は魔法瓶に酒を詰めて職場に持参するようになっていた。そこは近代的な職場だった。私は見たことがある。カフェテリアの列、重役用の食堂、そんなあれやこれや、そしてどのオフィスにもコーヒー・マシーンがある。でも彼は自分用の魔法瓶を職場に持参した。やがて人々はそれに気づき、噂をするようになった。彼は解雇された。あるいは辞職した。誰に聞いても、そのはっきりとした答えは返ってこなかった。もちろん彼は飲みつづけた。気持ちはわかる。それから壊れた機械類の修理やら、テレビの修理やら、車の修理やらの仕事を始めた。彼は占星学やオーラや易経やら、その手のことに興味を持っていた。この男が十分に聡明であり、興味深く、またいくぶんくったくのある人間であった（我々のかつての友人の大半がそうであったようにだ）ことを私は疑わない。私はシンシアにこう言ったことがある。もしあいつが基本的にきちんとした男じゃなかったとしたら、お前はあいつのことを好きにはならなかった（彼らの関係について私には「愛する」という言葉を使うことはどうしてもできなかった）だろうと。「俺たち似たもの同士だよ」という言い方もした。自分の太っ腹なところを見せようとして。ロスは、悪い人間でも、邪悪な男でもなかった。私の浮気について話し合っているときに、私は言った、「邪悪な人間なんていないんだ」と。

私の父親は八年前に酔っ払って、眠りながら死んでしまった。それは金曜日の夜で、父は五十四だった。彼は製材所の仕事から帰ってきて、翌朝の朝食用のソーセージを冷凍庫から出し、キッチン・テーブルに座り、フォー・ローゼズのクォート瓶を開けた。彼はそのころ精神的に調子が良かった。敗血症のせいで仕事を離れ、それから何かの原因でショック療法を受けなくてはならなかったのだが、そのあと三、四年してまた職に復帰できたのだ。（その期間、私はもう結婚して、別の町に住んでいた。私には子供たちがいて、仕事もあった。自分のトラブルだけで手いっぱいだった。だから父のことにまでは気がまわらなかったのだ。）その夜父はウィスキーの瓶と氷の入った鉢とグラスを手に、居間に行った。そして酒を飲みながら、母が勤め先のコーヒーショップから帰ってくるまでテレビを見ていた。

二人はウィスキーのことでちょっと言い合った。母は酒をあまり飲まない。私が大きくなってから、母が酒を飲むのを見たのは、感謝祭かクリスマスか大晦日くらいのものだ。飲むものはエッグノッグかバタード・ラムで、それもたいした量ではなかった。一度母は酒を飲みすぎたことがあった。何年も前のことだが（その話は父から聞いた。彼は話しながら大笑いした）、彼らはユウリーカの外れにある小さな酒場に行った。そこで母はウィスキー・サワーをしこたま飲んだ。車に乗って帰ろうとして、母は気分が悪くなった。そしてドアを開けなくてはならなかった。何かの拍子に、母の入れ歯が落ちてしまった。車が少し前に動いて、タイヤがその彼女の義歯を轢いてしまった。それ以来彼女は祝日以外には酒を飲まなくなったし、また量もひかえるようになったのだ。

父はその金曜日の夜、いつまでも飲みつづけ、母の言い分には耳を貸さなかった。母の方は台所のテーブルに座って、煙草を吸いながら、リトル・ロックに住んでいる妹に手紙を書こうとしていた。ようやく彼は腰をあげて、ベッドに行った。それから間もなく、もう父が寝ついただろうと思って、母もベッドに行った。あとになって彼女はこう言った、お父さんには変わったところは何もなかった。ただいつもよりいびきが大きくて深くて、そしてお父さんをベッドの向こうに寝がえりをうたせることができなかっただけだ。でも母は眠りについた。父の括約筋と膀胱が緩んでしまったときに、母は目を覚ました。それはちょうど夜明けどきだった。鳥がさえずっていた。父は相変わらず仰向けに寝て、目を閉じて、口をぽかんと開けていた。母は父の顔を見て、大声で名前を呼んだ。

私はずっと車を運転しつづけていた。そのころにはもう暗くなっていた。私は自分の家の前を通り過ぎた。家じゅうの電灯がこうこうとついていたが、シンシアの車は見えなかった。私はときどき寄るバーに行って、そこから家に電話をかけてみた。ケイティーが出て、お母さんはいないわよ、お父さんは今どこにいるのよと言った。彼女は五ドルを必要としていた。私は何か怒鳴って、電話を切った。それからコレクト・コールで八百マイル離れたところにいる一人の女に電話をかけた。その女とはもう何ヵ月も会っていなかった。良い女で、この前会ったときには、あなたのために祈ってあげるわと言ってくれた。

彼女は電話料金の支払いを引き受けてくれた。あなたはいまどこにいるの、と彼女は聞いた。元気にしてるの、と彼女は聞いた。「大丈夫なの？」と彼女は言った。

我々は話をした。私は彼女の夫のことを尋ねた。彼はかつては私の友人だったが、今は彼女や子供たちとは別に暮らしていた。

「彼はまだポートランドにいるわ」と彼女は言った。「どうして私たちみんなこんなことになっちゃったのかしら？」と彼女は言った。「私たち、きちんとした人間として出発したのに」我々はしばらく話をした。それから私はまだあなたのことを愛しているし、あなたのためにまだ祈りつづけるわ、と彼女は言った。

「僕のために祈ってくれ」と私は言った。「本当に」それから我々はさよならと言って電話を切った。

そのあとで、私はまた家に電話をかけた。でも今度は誰も電話には出なかった。私は母の家の番号を回した。母は最初のベルで電話を取った。母は何かめんどうごとを予期していたように、用心深い声を出した。

「僕だよ」と私は言った。「電話して悪かったかな」

「いいのよ、いいのよ、起きていたんだから」と母は言った。「今どこにいるの？何かあったの？　今日うちに来ると思っていたんだけど。ずっと待っていたんだよ。今はうちにいるのかい？」

「うちじゃない」と私は言った。「さっきうちに電話したところさ」

「ケンの奴が今日ここに来ていたんだよ」と母は続けた。「あのろくでなしが、今日のお昼にここに来てたんだ。もう一月も会っていなかったんだけど、ひょっこり顔を出したのさ。まったくねえ。あの男にも困るよ。あの男のやりたいことっていったら、自分の自慢話をえんえんと聞かせることだもの。グアムでどんな暮らしをしていて、一度に三人の女がいて、あっちこっちと旅行して回ったなんて話だよ。ただの自慢屋だよ。そういう男なんだ。前に話したダンス・パーティーでその男と知り合ったんだけれどね、まあロクな男じゃないね」

「僕が行ってもかまわない？」と私は聞いた。

「もちろんじゃないか。何か御飯を作ってあげるよ。私もお腹が減っちゃったよ。今日の昼から何も食べてないんだ。ケンがフライド・チキンをみやげに持ってきたんだ。お前が来たらスクランブルド・エッグでも作ろう。迎えに来てほしいのかい？　お前、大丈夫かい？」

私は車で行った。家に入ると、母は私にキスした。私は顔を背けた。ウォッカの匂いを母に嗅がれたくなかったのだ。テレビがついていた。

「手を洗っておいでよ」と母は言って、検分するように私を見た。「用意はできているよ」

あとで母は私のためにソファーに寝支度を整えてくれた。私はバスルームに入った。母は父の使っていたパジャマをそこに置いていた。私はタンスからそれを出して、少し眺めてから、服を脱ぎはじめた。私が出ると、母は台所にいた。私は枕の位置をなおしてから、そこに横になった。母はやりかけていた仕事を終えると、台所の電灯を消した。そしてソファーの端に腰を下ろした。

「ねえ、私は自分の口からお前にこんなこと言いたくないんだ」と母は言った。「私だって何も好きでこんなこと言うわけじゃないんだよ。でも子供たちまでちゃんと知っていて、私にも教えてくれたんだよ。それについて私たちは話をしたんだ。シンシアは他の男と付き合っているんだって」

「いいんだよ、それは」と私は言った。「そのことは知ってる」私はそう言って、テレビを見ていた。「ロスっていう奴でさ、アル中なんだ。僕に似てる」

「なんていうか、お前も自分のことをなんとかしなくちゃいけないと思うよ」と母は言った。

「わかってるさ」と私は言った。そしてテレビを見つづけた。

母は身をかがめて、私を抱きしめた。母は私のことをしばらく抱いていた。それから手を放し、涙を拭った。「朝に起こしてあげるよ」と母は言った。

「明日はべつにやることもないんだ。母さんが出ていったあとも、しばらくここで寝てるかもしれない」私は思った——母さんが起きて、バスルームに入って、服を着替えたあと、僕は母さんのベッドに入って、そこでうとうととしながら、台所の母さんのラジオでニュースと天気予報を聴くんだ。

「お前のことが心配でしょうがないんだ」

「心配することないよ」と私は言って、首を振った。

「休んだほうがいい」と母は言った。「お前には休息が必要なんだよ」

「もう寝るよ。眠くってしかたない」

「好きなだけテレビを見てていいよ」と母は言った。

私は頷いた。

彼女は身をかがめて、私にキスをした。母の唇は傷ついて膨らんでいるみたいに見えた。彼女は私のからだに毛布をかけた。それから自分のベッドルームに消えた。母はドアを開けっ放しにしていた。すぐにいびきが聞こえてきた。

私はそこに横になってテレビを見ていた。軍服を着た男たちの姿が画面に映っていた。ぼそぼそとした声。それから戦車隊が現れ、ひとりの男が火焔放射器を発射した。音は聞こえなかったが、わざわざ起き上がるのも面倒だった。私は瞼が重なるまで、じっとテレビを見ていた。でもはっと目を覚ました。私のパジャマは汗でぐしょ濡れになっていた。雪明かりのような光が部屋に満ちていた。ゴオオオという音が私に押し寄せてきた。その轟音は耳を聾せんばかりだった。私はそこに横になっていた。私は動かなかった。

足もとに流れる深い川

So Much Water So Close To Home

食欲こそ旺盛だったが、夫は疲れて苛々しているように見えた。両腕をテーブルの上に置き、ゆっくりと口を動かしながら部屋の向こう側をにらんでいる。彼は私をちらっと見て、それからまた向こうに目をやる。そしてナプキンで口を拭う。肩をすくめ、食事をつづける。彼は認めたがらないかもしれないけれど、私たち二人のあいだを何かが隔てている。

「なんでそんなに俺をじろじろと見るんだ？」と彼は言う。「なんだっていうんだよ？」そしてフォークを置く。

「そんなにじろじろ見てたかしら？」と私は言って頭を振る。とても間の抜けた感じで。

電話のベルが鳴る。「出るなよ」と彼は言う。

「あなたのお母さんからかもしれないわ」と私は言う。「ディーン――ディーンのことじゃないかしら」

「じゃ、まあどうぞ」と彼は言う。

私は受話器をとり、しばらく相手の話を聞く。夫は食事の手を止める。私は唇を噛み、電話を切る。

「言っただろう」と彼は言う。そしてまた食べ始めるが、やがて皿の上にナプキンを放り出す。「畜生め、なんだってみんなお節介ばかり焼くんだ。俺が何か道に外れたことをやったっていうのなら、はっきりそう言えばいいじゃないか。こんなのってないぜ、女はもう死んでたんだ。そうだろ？ そこにいたのは俺だけじゃない。みんなで相談して、それで決めたんだ。俺たちはやっと着いたばかりで、そこに来るまで何時間も歩きっぱなしだった。回れ右して車までまたぞろ五マイルも歩けっていうのか。初日なんだぜ。冗談じゃない、何がいけないんだ。いったいどこが間違っているっていうんだ。だからそんな目で俺を見るなよ。非難がましい真似はやめてくれ。君までさ」

「でも、わかるでしょう」と私は言って頭を振る。

「おいクレア、俺にいったい何がわかるって言うんだ？ え、言ってみろよ。俺にわかってることは一つしかない。このことについて君があれこれ悩んだってしょうがないってことさ」彼はこういうのが思慮深げな顔だという顔をした。「彼女は死んでたんだ。しんでた。わかるか?」ちょっと間をおいてつづける。「ひどいことだよ、本当にさ。あんな若い娘がさ、ひどいことさ。俺だって気の毒だと思う気持ちにかけちゃひけをとらない。でもな、彼女は死んでたんだよ、クレア、死んでたんだ。だからもうそのことは忘れようよ。お願いだよ、クレア。忘れよう」

「そこなのよ」と私は言う。「たしかに死んでたわ——でもあなたにはわからないの? それでもやはり彼女は助けを求めていたのよ」

「負けたよ」と彼は言って両手をあげる。彼は椅子を引いて立ち上がり、煙草をとり缶ビールを手に中庭《パティオ》に行く。そしてあちこち歩き回ってから庭椅子に腰を下ろし、新聞をもう一度手にとる。その第一面には彼と彼の友人たちの名前が載っている。「惨事の発見者たち」の名前だ。

私は目を閉じて水切り台にじっとしがみつく。こんな風にいつまでもくどくどと思いわずらっていてはいけない。そんなことは忘れ、頭から追い払い、何でもいいとにかく「先に進む」のだ。私は目をあける。でも結局(そんなことをしたらどうなるかよくわかっていたのだけど)水切り台の上を手でさっと払って、皿やグラスを床に落として割ってしまう。かけらが床じゅうに飛び散る。

夫は動かない。その音を聞いたことは明らかだ。彼は聞き耳を立てるように頭を上げる。しかしそれだけだ。振り返りもしない。私は彼を憎む。振り返りもしないなんて。彼はちょっと間をおいてから椅子にゆっくりともたれかかり、煙草を吹かす。哀れな人だと私は思う。耳だけをそばだてて、平気な顔で、そのまま椅子にふんぞり返って煙草を吹かしているなんてね。煙草の煙が口もとから風に吹かれて細くたなびいている。どうして私はそんなことに気が行くんだろう? 私が哀れんでいるなんて、あの人にはわかるまい。じっと座って耳を澄ませ、煙草の煙を風になびかせていることに対して私が可哀そうだと思っているなんて……。

夫が山に釣り旅行に行くことに決めたのは先週の日曜日、戦没将兵記念日のある週末の一週前だ。彼とゴードン・ジョンソンとメル・ドーンとヴァーン・ウィリアムズ。彼ら四人は一緒にポーカーをやったり、ボウリングをしたり、釣りをしたりする仲だ。彼らは毎年春と夏の初めにみんな揃って釣りに行く。シーズン初めの二ヵ月か三ヵ月、家族旅行やリトル・リーグ野球や親戚の家を訪問したりで忙しくなる前だ。みんなきちんとした人たちだ。家庭を大事にして、責任ある地位についている。みんな子供がいて、うちの息子のディーンと同じ学校に入れている。金曜の午後、彼らはナッチーズ川に三日間の釣り旅行に出かけた。山の中に車を停めて目的の釣り場まで何マイルか歩いた。寝袋と食料と調理用具とトランプとウィスキーを用意していた。川についいた最初の夜、まだキャンプを設営しないうちに、メル・ドーンがうつ伏せになって川に浮かんでいる娘を発見した。彼女は裸で、川岸から突き出た枝にひっかかっていた。彼はみんなを呼び、みんなはやってきて彼女を眺めた。どうすればいいかを彼らは話し合った。一人が——スチュアートはそれが誰だかは言わなかったけれど、たぶんヴァーン・ウィリアムズだろう。体格の良い気楽な男で、よく大声で笑う——すぐに車のあるところまで引き返そうぜ、と言った。他の三人は靴で砂地をかきまわしながら、そこまですることないんじゃないかな、と言った。とても疲れていたし、時間も遅いし、それに娘が「どこかに行ってしまう」わけでもないのだ。結局戻らないことになった。彼らは作業をつづけ、テントを設営し、火を焚いて、ウィスキーを飲んだ。ウィスキーを一杯飲み、月あかりの下でその娘の話をした。死体が流れちまわないように何かしといた方がいいんじゃないかな、と誰かが言った。死体が夜のあいだにどこかに行ってしまったら自分たちの立場が悪くなるかもしれない、と一応彼らは考えた。彼らは懐中電灯を手に、よろよろと川まで下りていった。風が吹きはじめていた。ひんやりとした風だ。波が川の砂地に打ち寄せていた。一人が（誰だかわからない。スチュアートかもしれない、彼ならそれくらいのことはできる）、俺がやろうと言って川に入り、娘の指をつかんでうつ伏せにしたまま川岸近くの浅瀬まで引っ張ってきて、ナイロンひもで娘の手首を縛り、もう一方を木の根に結び付けた。そのあいだずっと他の三人の懐中電灯の光は娘の死体を照らしつづけていた。それが終わると四人はキャンプに戻り、またウィスキーを飲んだ。そして眠った。翌朝、土曜日の朝、彼らは朝食を作り、コーヒーを一杯飲み、またウィスキーを飲み、それぞれの釣り場に散った。二人は上流に行き、二人は下流に行った。

その夜、魚とポテトの夕食を済ませ、コーヒーとウィスキーを飲んだあと、四人は川に下りて、水面に浮かんだ娘の死体から数ヤードしか離れていないところで皿を洗った。そしてまた酒を飲み、トランプ遊びをし、トランプのカードが見えなくなるまで酒を飲んだ。ヴァーン・ウィリアムズだけは先に寝てしまったが、残りの三人は品の悪い小話をしたり、昔のいかがわしい自慢話を披露したりした。誰も娘のことは口にしなかった。ゴードン・ジョンソンがついうっかり、釣り上げた鱒の身のしまり方と川の水のおそろしいばかりの冷たさに言及した。みんな黙りこんだ。しかし酒だけは飲みつづけた。誰かがランタンにつまずいて転び、悪態をついてからやっと、三人は寝袋にもぐりこんだ。

翌朝おそく彼らは目覚め、またウィスキーを飲み、ウィスキーを飲みながら少しばかり釣りをした。昼の一時になって（日曜日だ）、彼らは予定を一日繰り上げ、もう引きあげることにした。テントを畳み、寝袋を丸め、フライパンや鍋や魚や釣り具をまとめ、歩きだした。引きあげるとき、娘の死体には目もくれなかった。車に乗り込んでハイウェイを走り、電話のあるところで車を停めた。そのあいだ誰も口をきかなかった。スチュアートが保安官事務所に電話をかけた。暑い太陽の下で他の三人はそばに立って彼を囲み、電話のやりとりを聞いていた。彼は相手に自分たち四人の名前を教えた。べつに隠すことはない。具合の悪いことなんて何ひとつしてないのだ。追って細かい指示をし、それぞれの話を聞くからガソリン・スタンドで待っていてほしいと保安官は言った。

夜の十一時になって彼は帰宅した。いいですよ、と彼は言った。私は眠っていたが、台所の物音で目が覚めた。台所に行ってみると夫は冷蔵庫にもたれて缶ビールを飲んでいた。彼はがっしりした両腕を私の体にまわし、手のひらで私の背中を上下にさすった。二日前に出ていったときと同じ腕の感触だわ、と私は思った。

ベッドの中でも彼は手を私の体に置き、それからふと何かを考えこむようにちょっと間を置いた。私は少し体の向きを変え、それから足を動かした。考えてみれば、そのあとずっと彼は起きていたのだ。というのは、私が寝入ったときにも彼は起きていたし、そのあとちょっとした物音――シーツのすれる音――で私がぼんやり目覚めたとき、外はもうほとんど明るくなって鳥が鳴いていたのだが、あお向けに横になって、煙草を吸いながらカーテンのかかった窓をじっと見ていた。私はうとうとしながら彼の名を呼んだ。しかし答えはなかった。私はまた眠り込んでしまった。

私が今朝やっとベッドを出たときには、彼はもうきちんと起きていた。たぶん新聞に何か記事が出ていないか見るためだったのだろう。八時ちょっと過ぎに電話のベルが鳴った。

「うるせえ、畜生」と彼が受話器に向かって怒鳴るのが聞こえた。すぐにまた電話が鳴った。私は台所にとんでいった。「何もかも保安官に話したとおりさ。そうなんだよ！」彼はがしゃんと受話器を置いた。

「いったいどうしたの？」と私はびっくりして訊ねた。

「座れよ」と彼はゆっくり言った。そして伸びたままのもみあげを何度も指でこすった。「君に言っとかなくちゃいけないことがある。実は釣りに行っているあいだにちょっとしたことがあったんだ」我々はテーブルごしに向かい合って腰を下ろした。そして彼は話した。

私はコーヒーを飲みながら、話しつづける夫をじっと見ていた。それから彼が私の方に押しやった新聞の記事を読んだ。……身元不明の若い女、十八から二十四歳……

三日から五日間水中に放置……動機はおそらく強姦……第一次の検死では絞殺という結論……乳房と骨盤部に切り傷及び打撲傷……解剖……強姦については目下詳細を調査中。

「わかってくれよ」と彼は言った。「そんな目で俺を見るな。いいか、つまらん真似はやめてくれ。心配することなんて何もないんだよ、クレア」

「どうして昨日の夜のうちに話してくれなかったの？」と私は訊ねた。

「べつに……なんとなくさ。それがどうかしたのか？」と彼は言った。

「私の言いたいこと、わかるでしょ？」と私は言った。私は彼の手を見ていた。がっしりとした指、毛に覆われた甲、そんな手がもぞもぞと動き、煙草に火をつけている。昨夜私をなでまわし、私の中に入ってきた指だ。

彼は肩をすくめた。「ゆうべだろうが今朝だろうがべつに変わりないじゃないか。時間も遅かったし。君は眠そうだったし、話すのは朝まで待った方が良いと思ったんだ」彼は中庭に目をやる。駒鳥が芝生からピクニック・テーブルに飛び移り、羽を整えている。

「嘘よね？」と私は言った。「その子をそんな風に放り出しておいたわけじゃないんでしょ？」

彼はさっと向きなおって言った。「じゃ、どうすりゃよかったんだ？　いいか、一回しか言わないからよく聞いてくれよ。べつに何が起こったってわけじゃないんだ。後悔するようなこともやましいことも何ひとつない。わかったか？」

私はテーブルを立ってディーンの部屋に行った。ディーンはもう目を覚ましていて、パジャマのままパズルを組み立てていた。私は洋服を捜してやり、それから台所に戻って彼の朝食をテーブルに並べた。電話はそれからまた二回か三回鳴った。そのたびにスチュアートはぶっきらぼうに受けこたえし、腹を立てて電話を切った。彼はメル・ドーンとゴードン・ジョンソンに電話をかけ、話をした。ゆっくりとした真剣な話し方だった。それからディーンが食事をしているあいだ缶ビールを飲み、煙草を吸った。そして子供に学校のこととか友達のことを訊ねた。まるで何事もなかったみたいに。

ディーンは父親がどこに行って何をしていたのか知りたがった。スチュアートは冷凍庫から冷凍した魚を出してきて彼に見せた。

「今日はあなたのお母さんのところにこの子を預けてくるわ」と私は言った。

「そうだな」とスチュアートは言って冷凍鱒を抱えているディーンを見た。「君がそうしたくて、ディーンもそれでいいのなら、それでかまわない。でも、べつに無理にそうすることはないんだぜ。とくになんてこともないんだから」

「私がそうしたいのよ」と私は言った。

「あっちに行ったら泳げるかな？」とディーンはズボンで指を拭きながら訊ねた。

「たぶんね」と私は言った。「今日は暖かいから水着を持っていきなさい。おばあちゃまもたぶん泳いでいいっておっしゃるはずよ」

スチュアートは煙草に火をつけ、私たちの方を見た。

ディーンと私は車で町を抜け、スチュアートの母親の家に行った。彼女はプールとサウナのついた高層アパートに住んでいる。彼女の名前はキャサリーン・ケーン。ケーンという名前は私と同じ名前だ。それはなんだか信じがたいことのように思える。昔は友達からキャンディーって呼ばれてたんだぜ、とスチュアートがいつか教えてくれた。白っぽい金髪の、背の高い冷ややかな女性だ。彼女はいつもいつも何かを裁いているような印象を私に与える。私は事件のことを手短にぼそぼそと説明し（彼女はまだ新聞を読んでいなかった）、夕方にディーンを迎えに来ますから、と言う。「水着を持たせてきました」と私は言う。「スチュアートと二人で話さなきゃいけないことがあるんです」と私は曖昧に付け加える。彼女は眼鏡ごしにじっと私を見る。それから肯《うなず》いてディーンの方を向く。「元気かい、坊や？」彼女は身をかがめて、子供の体に手をまわす。私が立ち去るとき、彼女はまた私を見る。何も言わず意味ありげに私を見る。いつものように。

家に帰るとスチュアートはテーブルに向かって何かを食べていた。そしてまたビールを飲んでいる。

少しあとで私は割れた皿とガラス食器を掃き集め、外に出る。スチュアートは芝生に仰向けに寝転んで空を見上げている。手元にはビール缶と新聞が置いてある。風が吹いていたが外は暖かく、鳥が鳴いていた。

「スチュアート、ドライブに行かない？」と私は言う。「どこでもいいわ」

彼はごろんと転がって私の方を向き、肯く。「ビールでも買いにいこう」と彼は言う。「もうそろそろ機嫌をなおしてくれよ。俺の身にもなってくれよ、な」彼は立ち上がり、通りすぎるときに私のお尻に触る。「すぐに用意するよ」

私たちは黙りこくったまま車で町を抜ける。彼は郊外に出る前に道路沿いのマーケットに車を停めてビールを買う。ドアを開けたすぐのところに新聞がどっさり積んであるのが目につく。入口階段の上でプリント・ドレスを着た女が小さな女の子に甘草キャンディーをさしだしている。ほんの数分でエヴァーソン・クリークを越え、水際に広がるピクニック場に入る。クリークの流れは橋をくぐり、数百ヤード向こうの大きな池に流れ込んでいる。十人あまりの大人や子供が池の岸辺にぽつぽつと散らばり、柳の下で釣り糸を垂れている。

　こんな家の近くにこんなにちゃんとした釣り場があるのに、どうしてわざわざ遠くまで出かけなくちゃいけなかったのよ？

「どうしてよりによって、そんなところに行かなくちゃならなかったのよ？」と私は訊ねる。

「ナッチーズ川のことかい？　俺たちはいつもあそこに行くんだよ。毎年少なくとも一度はね」我々は日当たりの良いベンチに座る。彼は缶ビールを二本開け、一本を私にくれる。「それにあんなことになるなんて前もってわかるわけもないしさ」彼は頭を振り、肩をすくめる。まるで何年も前に起こったか、他人の身に起こったかしたことを話しているみたいに。

「のんびりしろよ、クレア。いい天気じゃないか」

「奴らは無実だって言いはったのよ」

「誰が？　いったい何の話だよ？」

「マドックス兄弟よ。私の故郷の町の近くでアーリーン・ハブリィって女の子を殺したの。それから首を切り落としてクリー・エラム川に投げこんだの。私とアーリーンは同じ高校だったの。その事件はまだ子供だったころに起こったの」

「なんでそんなひどい話を思い出すんだよ」と彼は言う。「頼むからよしてくれ。俺の気分を悪くしたくて言ってるのか？　え、そういうつもりなのか？　クレア？」

私はクリークを眺める。私は目を見開いてうつ伏せになって水面に浮かび、池の方に流されていく。クリークの川床の岩や藻が見える。やがて私は湖へと運ばれる。そしてそこでは風が私の体を押し動かすだけだ。何も変わりはしない。私たちはこんな風にずっとずっとずっとずっとやっていくんだ。今だってそうしている。まるで何事も起こらなかったみたいに。私はピクニック・テーブル越しに相手の顔から表情というものが消えてしまうまでじっと夫を見据える。

「どうしたっていうんだよ」と彼は言う。「いったい何が……」

私はほとんど無意識に夫をぴしゃりと打つ。私は手をあげたままほんの一瞬、間を置き、相手の頬に思いきり平手をくらわせる。私はどうかしている、と彼を打ちながら思う。私たちに必要なのは手をしっかりと握り合うことなのに。二人で助け合うことなのに。こんなのっていけない。

もう一度打とうとする前に彼は私の手首をつかみ、今度は自分が手をあげて構える。私は身をすくめて一撃を待ち受ける。しかし彼の目に何かが宿り、そして消え去る。

彼は手を下ろす。私は前よりももっと速度を増しながらぐるぐると輪を描いて池の水面を漂っている。

「さあ、車に乗るんだ」と彼は言う。「家に帰る」

「いやよ、いやよ」と私は言って彼の手をふりほどこうとする。

「来いよ」と彼は言う。「いいから来るんだ」

「君は間違っている」と彼は車に乗ってしばらくしてから言う。野原や木や農家が窓の外を飛び去っていく。「君は間違ったことをしている。俺に対しても君自身に対してもだ。それからディーンに対してもだ。ディーンのことを少しは考えてみたらどうなんだ。俺のこともだ。頭を冷やしてまわりの人間のことを考えたらどうだ」

いま彼に向かって私に言えることは何ひとつない。夫は路面に神経を集中しようとしている。しかし目はバックミラーに行ってしまう。目の端っこの方で、彼は私を、隣のシートで膝に顎をつけるようにして座っている私の姿を見ている。太陽の光が私の腕と頬の片側に照りつけている。彼は運転しながらビールの缶をもう一本あけ、らっぱ飲みし、缶を足のあいだにはさむ。そしてふうっと息を吐く。彼にはわかっているのだ。私は彼を笑いとばすこともできるし、すすり泣くこともできるのだということを。

2

スチュアートは今朝は私を起こさないつもりでいる。しかし私は目覚まし時計のベルが鳴るずっと前から目覚めていた。そして彼の毛深い脚と意識のない太い指を避けてベッドの端に寄り、思いを巡らしていた。彼はディーンを学校に送り出してから髭を剃り、服を着て、会社に行った。二度ばかりベッドルームをのぞいて咳払いしたが、私はじっと目を閉じていた。

台所で彼の残していったメモをみつける。「じゃあ《ラヴ》」とサインしてあった。日当たりの良い朝食用のコーナーでコーヒーを飲む。メモにまるいコーヒーのあとがついた。電話のベルはならなかった。それだけでも進歩だ。昨夜以来もう電話はかかってこなくなった。テーブルの上に新聞があったのであちらに向けたりこちらに向けたりしていたが、そのうちに手にとって記事を読んだ。死体の身元は依然不明だ。捜索願いも出ていない。彼女がいなくなったことにどうやら誰も気づいていないみたいだ。しかしこの二十四時間、人々は死体を検査し、薬物を投入し、切り刻み、体重や身長を測り、元どおりに並べて縫いあげ、正しい死因や死亡時刻を調べあげているのだ。そして強姦の痕跡を。きっとみんな強姦だといいのにと思っているはずだ。強姦というのは理解しやすいのだ。遺体はキース・アンド・キース葬儀所に送られて措置を待つことになる、と書いてある。心当たりのある方は申し出るように、云々。

二つのことが明らかだった。⑴人々はもう、他人の身に何が起ころうが自分には関係ないと思っている。⑵何が起こっても、そこにはもう真の変化というものはない。事件が起こった。それでもスチュアートと私のあいだには変化なんてないだろう。私の言っているのはほんとうの変化のことだ。私たちは二人とも年を取っていく。たとえば朝一緒に洗面所を使っているときなんか、鏡で二人の顔を見ると、それはもうはっきりとわかる。そして私たちのまわりでいくつかの物事が変化していくだろう。楽になることもあれば、厳しくなることもある。それは様々だ。でも物事のありようがほんとうに変わってしまうということはまずあるまい。私はそう信じている。我々は既に決定を下し、我々の人生は既に動き出してしまったのだ。そしてそれはしかるべき時がくるまでえんえんと動きつづけるだろう。しかしもしそれが真実だとしても、それでどうなると言うのだ？　つまりあなたはそう信じてはいながら、それを包みかくして日々を送っている。そしてある日事件が起こる。何かを変化させてしまうはずの事件だ。それなのに、まわりを見まわしてみれば、そこには変化の兆しはまるでない。じゃあ、どうすればいいのか？　その一方で、まわりの人々はあたかもあなたが昨日の、昨夜の、あるいは五分前のあなたと同じ人物であるかのように話しかけたり振る舞ったりする。しかしあなたは現実に危機をくぐり抜けたのだし、心は痛手を負っているのだ……。

過去はぼんやりとしている。古い日々の上に薄い膜がかぶさっているみたいだ。私が経験したと思っていることが本当に私の身に起こったことかどうかさえよくわからない。一人の女の子がいた。彼女は両親と暮らしていた。父親は小さなカフェを経営し、母親はそこのウェイトレス兼レジ係として働いていた。娘はまるで夢でも見てるみたいに小学校からハイスクール、その一、二年あとに秘書学校へと進んだ。それからずっとあとになって――そのあいだ、いったい何があったのかしら？――彼女は別の町に移って電気部品会社の受付の仕事に就き、技師の一人と知り合う。彼がデートに誘ったのだ。結局、相手の目的を察して彼女は彼に身をまかせる。彼女はそのとき、ある直感を得た。性的な誘惑についての洞察のようなものだ。でもあとになってみると、それがどのような洞察であったのかどうしても思い出せない。ほどなくして二人は結婚することになる。しかし過去――彼女の過去はそのころから既にこぼれ落ちるように薄らいでいく。未来のことなど、彼女には想像もできない。未来について考えるたびに、彼女はまるで何か秘密でも抱いているみたいに微笑む。結婚して五年ばかりたったころ、何が原因だったのか彼女には思い出せないのだが、二人はかなり激しい口論をした。夫はそのとき「この事件はいつか暴力沙汰でけりがつくぜ」(「この事件」という言葉を彼は使った) と言った。彼女はそのことをずっと覚えている。彼女はそれをきちんとどこかにしまいこんで、ときどき声に出して繰り返してみる。時おり、ガレージの裏にある砂場に膝をついて座って、午前中ずっとディーンや彼の友達の一人か二人と遊んでいることもある。しかし午後の四時になるときまって頭が痛みだす。彼女は頭を抱える。痛みでくらくらする。医者にみてもらうようにスチュアートに言われて、医者に行く。医者がいろいろと親切に関心を示してくれることが正直なところ嬉しい。彼女は家を離れ、医者に勧められた施設にしばらく入ることになる。子供の世話をするために夫の母親がオハイオから急いで出てくる。しかし彼女――クレアは何もかもを放り出してしまう。そして二、三週間で家に帰ってくる。義母は家を出て、少しはなれたところにアパートを借りてそこに腰を据える。まるで待機してるみたいだ。ある夜ベッドに入って二人でうとうとしているとき、クレアは夫に入院先で何人かの女の患者がフェラチオについて語り合っていたことを話した。夫がそういう話が好きだろうと思ったからだ。スチュアートはその話を喜ぶ。そして彼女の腕を撫でる。みんなうまくいくよ、と彼は言う。これから先、何もかもが変化して、俺たちもうまくいくさ。彼は昇進し、給料もだいぶ上がった。彼女専用の二台目の車も買った。ステーション・ワゴンだ。これからは今のことだけを考えて生きるのだ。本当に久しぶりにやっと一息つくことができたよ、と彼は言う。暗闇の中で彼は彼女の腕をさすりつづける……彼はその後もあいかわらずボウリングやトランプ遊びをしている。三人の友達と釣りにもいく。

その夜、三つのことが起こった。まずディーンが学校で友達から父親が川で死体を発見したことを聞いてきたのだ。彼はそれについて知りたがった。

スチュアートはほとんどの部分を省略して手短に説明した。うん、そうなんだ、お父さんが三人の友達と一緒に釣りをしているときに死体を見つけたんだ。

「どんな死体？」とディーンは訊ねる。「女の子だったの？」

「うん、女の子だよ。女の人さ。それで保安官を呼んだんだ」スチュアートは私を見る。

「保安官、なんて言った？」とディーンが訊ねる。

「あとのことはこちらが引き受けるってさ」

「どんな風だった？　ぞっとした？」

「そのへんでおしまい」と私は言う。「お皿を洗ったらもう行きなさい」

「でもさ、どんな風だったの？」となおもディーンは訊ねる。「聞きたいよ」

「言うことがきけないの？」と私は言う。「言うことがきけないの、ディーン？　ディーン！」この子を揺さぶってやりたい。泣き出すまで揺さぶってやりたい。

「お母さんに言われたとおりにしなさい」とスチュアートが静かに言う。「ただの死体さ。べつに話すようなこともないよ」

テーブルを片づけているとき、スチュアートが私の後ろに立って腕に手を触れた。彼の指は焼けるように熱かった。私はぎくっとして皿を落としそうになった。

「どうしたっていうんだよ」と彼は言って手を下ろす。「なあ、クレア、いったいどうしたんだ？」

「びっくりしちゃったのよ」と私は言う。

「そのことを言ってるんだよ。手を触れるたびに君がびっくりしてとびあがるなんて変だと思わないか」彼は私の前に立ってかすかな笑いを浮かべ、私の目をのぞきこむ。そして片手で私の脇腹を抱く。もう片方の手は私のあいている手をとってズボンの前に押しつける。

「やめてよ、スチュアート」私が手をひっこめると、彼は私から離れ、指をパチンと鳴らした。

「そうかい」と彼は言う。「それなら好きなようにしてればいいさ。でもな、よく覚えとけよ」

「何を覚えておくの？」と私は間髪を入れず訊ねる。私はじっと息をつめて彼を見る。

彼は肩をすくめる。「なんでもないよ」と彼は言う。

二つめの出来事が起こったのは、その夜二人でテレビを見ていたときだ。彼は革のリクライニング椅子に座り、私はカウチに座って膝に毛布をかけ、雑誌を眺めている。テレビの音を除けば家はしんとしていた。番組に突然アナウンスの声が入り込んだ。殺害された少女の身元が判明しました、詳細は十一時のニュースでお伝えします。

我々は顔を見合わせる。少し間を置いて彼は立ち上がり、寝酒でも作ってくるよと言う。君は？

「いらない」と私は言う。

「べつに一人で飲むさ」と彼は言う。「ちょっと訊いてみただけだよ」

彼はなんとなく傷ついたみたいにみえた。私は目をそらせる。悪いなとも思うけれど、またそれと同時に腹立たしくもあるのだ。

彼はずいぶん長いあいだ台所にいた。しかしニュースが始まると同時に、飲み物を手に戻ってきた。

最初にアナウンサーは四人の地元の釣り人が死体をみつけた話を繰り返した。それから画面に少女の写ったハイスクールの卒業写真が出る。髪は黒く丸顔で、ふっくらした唇に笑みが浮かんでいる。次に少女の両親が遺体確認のために葬儀所に入るフィルムが映し出される。困惑したような、悲しみに打たれたような様子で、二人は歩道を葬儀所の入口の階段まで重い足どりで歩いていく。黒い服を着た男が入口に立ってドアを手で押さえ、二人が来るのを待っている。ほんの一瞬あとに、まるで中に入ったとたんに回れ右して出てきたみたいに、遺体安置所を出る夫婦の姿が映し出された。女はハンカチで顔を覆うようにして泣き濡れていた。男の方は立ち止まってテレビ・レポーターに向かってしゃべった。「あの子です。スーザンです。今は何も言うこともできません。犯行が繰り返されぬように、一刻も早く犯人が捕まることを願っています。こんな酷い……」あとはカメラに向かって弱々しい身振りを見せる。それから二人は旧型の車に乗り込み、夕方近くの車の流れの中に消えていった。

少女の名はスーザン・ミラー、とアナウンサーが続ける。私たちの町の北方百二十マイルにあるサミットという町の映画館で、切符係として働いていた彼女は、いつものように仕事を終えた。グリーンの最新型の車が映画館の前に停まり、彼女は歩いていってそれに乗り込んだ。まるでその車が来るのを待っていたみたいでした、と目撃者は語った。警察はその車のドライバーは彼女の友達か、あるいは少なくとも顔見知りであったに違いないと推測していた。警察はそのグリーンの車のドライバーを探していた。

スチュアートは咳払いをして椅子にゆったりともたれて酒をすすった。

三つめの出来事はニュースのあとで起こった。スチュアートは体をのばしてあくびをし、私の方を見た。私は立ち上がりカウチで寝るための用意をする。

「何やってるんだ？」と彼はぽかんとした顔で訊ねる。

「眠くないの」と私は彼の視線を避けて言う。「少しここで本でも読んで、眠くなったらそのまま寝ちゃうわ」

私がカウチにシーツを敷くのを彼はじっと見ている。枕をとりにいこうとすると、彼はベッドルームの入口に立って私を阻む。

「もう一度訊くけど」と彼は言う。「どういうつもりだ？　そんなことをして、いったい何になるんだ？」

「今夜は一人にしてほしいの」と私は言う。「私には考える時間が必要なの。それだけよ」

彼はふうっと息をつく。「君のやってることは間違ってると思う。自分が何をしているのか、もう一度よく考えた方がいいぜ」

何も言えない。何を言いたいのか自分でもわからない。私はカウチに戻って毛布の端を押し込んでいく。彼はしばらくそれをじっと見ていたが、やがて肩をすくめる。「それなら好きにしろよ。何しようが俺の知ったこっちゃないさ」彼はそう言うと、首を掻きながら廊下をすたすたと歩き去る。

スーザン・ミラーの葬儀は明日の午後二時にサミットのパインンズ教会で行われると今朝の新聞に書いてある。また警察は彼女がグリーンのシボレーに乗り込むのを目撃した三人から事情を聴取しているらしい。しかし誰も車のナンバーまでは覚えていない。それでも捜査は核心に近づきつつあり、継続している。私は椅子に座ったまま新聞を手にしばらく考えごとをし、それから美容院に電話をかけて予約をとる。

私は雑誌を膝にドライヤーをかぶり、ミリーに爪の手入れをしてもらう。「明日、お葬式に出るの」以前その美容院で働いていた女の子についてちょっと話をしたあとで、私はそう言う。

ミリーは顔を上げて私をちらっと見て、それからマニキュアに戻る。「それは御不幸ですわね。ミセス・ケーン。ご愁傷さまです」

「亡くなったのは若い娘さんなの」と私は言う。

「それがいちばん辛いですね。私の姉も私が子供のころに死んだんですけど、そのことはまだ忘れることができませんもの。どなたがお亡くなりになったんですか？」と少しあとで彼女は言う。

「娘さん。それほど親しくしてたわけでもなかったんだけど、それでもやっぱりねえ」

「そうですよね。本当にお気の毒ですわ。でもお葬式に合うようにセット致しますのでおまかせ下さい。こういうのはいかがかしら？」

「そうね……それでいいわ。ねえ、ミリー、あなた誰か他の人になりたいと思ったことある？　それとも誰でもなくなってしまいたいとか、無に、一切の無になってしまいたいとか、そういうの」

彼女は私の顔を見る。「そんな風に思ったことってないみたいですわ、ええ。だって私が誰か他の人になったら、私は今度の自分のことが好きになれないかもしれないし」彼女は私の指を持ったまま少し何かを考えているようだった。「わかりませんわ。

どうなんでしょう……じゃ、そちらの手を貸していただけますか、ミセス・ケーン」

その夜の十一時、私はまたカウチに寝支度をした。こんどはスチュアートは何も言わなかった。私をじっと見て、唇の裏で舌を丸め、それから廊下を歩いてベッドルームに消える。夜中に目が覚める。風が門扉を垣根にばたんばたんと叩きつけているのが聞こえる。目がさえてしまうのが嫌だったので、私はずっと横になって目を閉じている。でも結局は起きあがり、枕を持って廊下に出る。ベッドルームには明かりがこうこうと灯り、スチュアートは仰向けになって口をぽかんと開け、大きな寝息をたてている。私はディーンの部屋に行って、そのわきにもぐりこむ。彼は眠りながらも私の場所をあけてくれる。私はしばらくそこに横になっていて、それからディーンの髪を頬にあてるようにして彼を抱く。

「どうしたの、ママ？」と彼が訊ねる。

「いいからおやすみなさい。大丈夫、なんでもないのよ」

スチュアートの目覚ましの音で私は起き、彼が髭を剃っているあいだにコーヒーを入れ、朝食の用意をする。

彼はタオルを裸の肩にかけて、様子をうかがうように台所の戸口に現れる。

「コーヒーはできているわ」と私は言う。「卵もすぐにできるから」

彼は肯く。

私はディーンを起こし、三人で朝食をとる。スチュアートは何か言いたそうな様子でちらりちらりと私を見る。しかしそのたびに私はディーンに向かってミルクはもういいかとか、トーストはいらないかとか、話しかける。

「あとで電話するよ」とスチュアートは出ぎわに言う。

「今日は家にいないと思うわ」と私は急いで言う。「やらなくちゃいけないことがいっぱいあるし、実のところ夕食までに帰れないかもしれないの」

「うん、いいよ」そしてブリーフケースを持つ手を移しかえる。「今晩は外で食事でもしないか？　どう？」彼はじっと私を見ている。彼は死んだ女の子のことなんてもうすっかり忘れているのだ。「おい……大丈夫かい？」

私は彼のネクタイをなおし、それからだらんと手を下ろす。彼は私に出がけのキスをしようとする。私は身を引く。「じゃあ、まあ気をつけてな」と彼はあきらめて言う。そして振り向いて、車まで歩いていく。

私は丁寧に服を選ぶ。もう何年もかぶったことのない帽子をかぶり、鏡の前に立つ。それから帽子をとり、薄く化粧をする。そしてディーンに置き手紙を書く。

ディーン、お母さんはご用があってかえりがおそくなります。お父さんかお母さんがかえってくるまで、おうちかおにわにいるようにしてください。

LOVE《じゃあね》

私は「LOVE《じゃあね》」という文句をもう一度眺め、そこにアンダーラインを引く。手紙を書きながら「BACK YARD《おにわ》」という言葉が一語なのか二語なのかを自分が知らないことに気づいた。そんなことこれまでに考えたこともなかった。私は少し考えてからあいだに線を引き、それを二語にわけた。

ガソリン・スタンドに寄ってガソリンを入れ、サミットの方角を訊いた。ルイスが給油ホースを入れて、ゆっくりと窓ガラスを拭きはじめるあいだ、バリー、四十歳になる口髭をはやした機械工が便所から出てきてフロント・フェンダーに寄りかかる。

「サミットねえ」バリーは私を眺め、口髭の両側を指で撫でながらそう言う。「サミットにいくうまい道なんてないですよ、ケーンさん。片道二時間から二時間半はかかりますな。山も越えるしね。女の人にはかなりしんどいですぜ。サミット？　またなんだってサミットになんか行くんです？」

「用事があるのよ」居心地の悪い声で私は言う。ルイスは別の車の方に行ってしまった。

「うん、そうだな、向こうであんまり時間をとらないんだったら」と彼は言って親指を湾の方に突き出す身振りをする。「あたしが運転していって、連れて帰ってきてあげますよ。道がなにせよくないからね。いや道路じたいはいいんだけど、カーブとかそういうもんが多いんですよ」

「ありがとう。でも大丈夫よ」彼はフェンダーに寄りかかっている。バッグを開けるときに彼の視線を感じる。

バリーはクレジット・カードを受けとる。「夜は運転しちゃだめですよ」と彼は言う。「さっきも言ったようにあまり道がよくないからね。そりゃ私だってこの車なら大丈夫だって太鼓判押しますよ。この車のことはよく知ってますから。でもねパンクってこともありますからね。念には念を入れタイヤを調べといた方がよさそうだな」彼はフロント・タイヤを靴でこんこんとこづく。「ホイストに乗っけてみます。なに、すぐに済みますよ」

「いや、いいの、結構よ。本当に時間がないの。タイヤなら大丈夫みたいよ」

「すぐすみます」と彼は言う。「念には念を入れときましょう」

「いいのよ。いいの！　タイヤなら大丈夫。もう行かなくちゃ。ねえ、バリー……」

「なんです？」

「もう行かなくちゃ」

私は何かにサインする。彼は領収書だとかカードだとかスタンプだとかを渡してくれる。私は全部バッグに仕舞う。「お気をつけて」と彼は言う。「さよなら」

道路の車の列が切れるのを待つあいだに私は後ろを振り向く。彼はこちらをじっと見ている。私は目を閉じ、そして開ける。彼は手を振っている。

最初の信号を曲がり、それからもう一度曲がり、ハイウェイに出るまでまっすぐ走る。「サミットまで一一七マイル」という標識が見える。十時三十分。暖かな朝だ。

ハイウェイは町の外縁に沿ってぐるっと曲がっている。それから田園地帯を、オート麦やてんさいの畑やりんご園を抜ける。あちこちに牧草地が広がり、牛の小さな群れが草を食んでいる。それから風景ががらりと変化してしまう。農耕地はどんどんまばらになり、家は小屋のようなものへと変わっていく。木材の集積所が果樹園にとってかわる。突然車は山地に入る。右手のずっと下方にナッチーズ川の流れがちらっと見えた。

まもなく緑色のピックアップ・トラックが後方に姿を現し、何マイルかのあいだずっと後についていた。私は追い抜いてくれないかと思ってスピードを落としたり、スピードを上げたりするのだが、うまくタイミングが合わない。私は指が痛くなるまでハンドルを固く握りしめる。道路が見晴らしのきく長い直線に入ったとき、彼は私を抜いたが、しばらく横に並んで走っていた。髪をクルー・カットにして青いワークシャツを着た三十代前半の男だ。我々は顔を見合わせる。それから男は手を振り、二度ホーンを鳴らし、追い抜いていく。

私はスピードを落とし、適当な場所——路肩から突き出た未舗装の道——に車を入れ、エンジンを切る。林の下の方から川の音が聞こえる。道は前方の林に吸い込まれている。やがてピックアップ・トラックの戻ってくる音が聞こえる。

トラックが後ろに停まるのと同時に、私は車のエンジンを入れる。ドアをロックし、ドアの窓ガラスをぜんぶ閉める。ギヤを入れるとき、顔と腕に汗が吹きだす。でも車を動かそうにも道はふさがれている。

「大丈夫かい?」と男は言って車に近づく。「やあ。どうしたね?」彼は窓をコンコンと叩く。「大丈夫?」彼はドアに両腕をもたせかけ、顔を窓に近づける。

私は彼をじっと見る。言葉が出てこない。

「追い抜いたあとでスピードを落としたんだけどさ」と彼は言う。「バックミラーにおたくの車が映んないもんだから、二分くらい車を停めて待ったんだ。それでもまだ来ないもんで、戻って確めたほうがいいと思ったのさ。大丈夫なの？　なんで車のなかに閉じ籠ってるんだよ？」

　私は首を振る。

「なあ、窓開けなよ。具合悪いんじゃないの？　え？　女の人がさ、こんな山の中うろうろするのはまずいよ」彼は首を振り、ハイウェイに目をやり、またこちらを見る。

「な、だから窓開けなって。いいだろ？　こんなんじゃ話もできないよ」

「お願い。もう行かなきゃいけないの」

「ドアを開けなって」とまるで聞こえなかったみたいに彼は言った。「とにかく窓だけでも下ろしなよ。窒息しちゃうぜ」彼は私の乳房と脚を見る。スカートが膝の上までまくれあがっている。彼の目は私の脚をじろじろと見ている。でも私はじっとしている。動くのが怖いのだ。

「私は窒息したいのよ」と私は言う。「わからない？　私はいま窒息してる最中なの」

「まったく何だってんだ？」と男は言ってドアから離れる。彼は背中を向けてトラックに戻る。それからサイドミラーに彼がまたこちらに来るのが映る。私は目を閉じる。

「サミットまでついてってやるとか、そういうのも嫌なんだね？　俺はべつにいいんだぜ。今朝はわりにゆっくりできるからさ」と彼は言う。

私はまた首を振る。

彼はちょっとためらってから肩をすくめる。「まあ好きにしなよ」と彼は言う。「お好きに」

私は彼がハイウェイに出るのを待ってバックする。彼はギヤを変え、ゆっくりと遠ざかっていく。バックミラーで私の姿を見ながら。私は路肩に車を停め、ハンドルに顔を伏せる。

棺は閉じられ、花で覆われている。私が教会の後方の席に腰を下ろすと、まもなくオルガンが鳴りはじめる。人々がぞろぞろ入ってきて、席を探しはじめる。中年の人々、もっと上の人々もいる。しかしほとんどは二十代前半か、それよりもっと若い人々だ。スーツにネクタイ、ジャケットにスラックス、黒いドレスに革手袋といった格好の彼らはどことなくぎこちない。ベルボトムのズボンと黄色い半袖シャツを着た少年が私の隣に座り、唇を嚙みしめる。教会の片側の扉が開き、私はふと顔をあげる。ほんの少しのあいだ、駐車場が草地のように見える。でもやがて太陽の光が車の窓にキラッと反射する。親族がひとかたまりになって入場し、カーテンで仕切られた側面の離れた一画に入る。彼らが腰を下ろすときに椅子がきしんだ音を立てる。二、三分あとでダークスーツに身を包んだやせた金髪の男が立って、頭を垂れて下さいと我々に言う。彼はまず我々、生者のための短い祈りの言葉を口にし、それが終わるとみんなで亡きスーザン・ミラーのために黙禱を捧げましょう、と言う。私は目を閉じ、テレビや新聞の写真で見た彼女の顔を思い浮かべる。彼女が映画館を出てグリーンのシボレーに乗り込むところが見える。それから彼女が川を流されている光景を想像する。裸の死体が岩にうちつけられ、枝にひっかかり、ぐるぐると回り漂う。髪は流れのままに揺れる。それから川面に突き出た木の枝が彼女の手や髪を捕え、そこに留める。やがて四人の男がやってきて彼女をじろじろと眺める。酔っ払った男（スチュアート？）が彼女の手首をつかむ。ここにいる人たちの中にそのことを知っている人はいるのかしら？　もしそれを知ったら、みんなどう思うだろう？　私はまわりの人々の顔を見回す。これらの物事、これらの事件、これらの顔によって作りあげられるべき関係のようなものがあるはずだ。私はそれを見つけようとするが、おかげで頭が痛む。

牧師はスーザン・ミラーの四つの徳について語った。快活さ、美しさ、優雅さ、そして熱意である。閉じたカーテンの後ろで誰かが咳払いし、誰かがすすり泣く。オルガンの演奏が始まる。葬式が終わる。

　参列者の列にまじって私はゆっくりと棺の前をとおりすぎる。そして正面の階段に出て、眩しく暑い午後の太陽を浴びる。階段で私の前を、片足をひきずるようにして下りていた中年の女性が、歩道に下りるとあたりをぐるっと見回す。私と目が合う。「捕まりましたよ」と彼女は言う。「それでどうなるというものでもありませんがね。とにかく今朝犯人が捕まったんです。ここに来る前にラジオで聴いたんです。町の人間ですよ。やっぱり思ったとおり長髪族の仕業でしたねえ」私たちは焼けた舗道を何歩か歩く。みんなもう車を発車させている。私は手をのばしてパーキング・メーターにつかまる。磨きあげられた車のフードやフェンダーが太陽の光を照りかえしている。頭がふらふらする。「その夜、彼女と関係を持ったことは認めたんだけど、殺してはいないって言ってるんですよ」彼女は鼻を鳴らした。「でもたぶん保護観察つきで釈放ってことになるんじゃないかしら」

「共犯者がいたのかもしれませんわ」と私は言う。「ちゃんと調べるべきだわ。誰かをかばっているんじゃないかしら。兄弟とか友達とか」

「あの娘《こ》は小さいころから知ってるんですよ」と彼女は話しつづける。唇が震えている。「よくうちに遊びに来て、来るとクッキーを焼いてやりました。そしてテレビの前でそのクッキーを食べさせてやったんですよ」彼女は顔を背けて頭を振る。涙の粒が彼女の頬をつたって落ちる。

3

スチュアートはテーブルの椅子に座っている。前には酒のグラスが置かれている。目は赤く、一瞬私は彼が泣いていたんじゃないかと思う。彼は私を見て何も言わない。突然ディーンの身に何かが起こったんじゃないかという考えが頭にひらめく。気が動転する。

「どこなの？」と私は言う。「ディーンはどこ？」

「外だよ」と彼は言う。

「スチュアート、私すごく怖いの、すごく怖いのよ」と私はドアに寄りかかって言う。

「何が怖いんだい、クレア？　言ってごらん。助けてあげられるかもしれないよ。俺は君の力になりたいんだ。言ってごらん。だってそれが夫の役目じゃないか」

「うまく言えないの」と私は言う。「私はただ怖いのよ。私はつまり、つまり、つまり……」

彼は私から目を離さないようにしながら、グラスをぐいと飲み干して立ち上がる。

「君に必要なものはわかってるさ。俺が君のお医者になってやるよ、な？　さあ、楽にして」彼は私の腰に腕をまわし、もう一方の手で私の上着のボタンをはずし、それからブラウスにかかった。「まずやるべきことをやろうな」と冗談めかして彼は言う。

「今はだめ、お願い」と私は言う。

「今はだめ、お願い」と夫はからかって言う。「何がお願いだよ」と。そして私の後ろにまわって腕をぎゅっと体にまきつけ、もう一方の手をブラジャーの中に滑りこませる。

「やめて、やめて、やめて」と私は言って、彼の足の先を踏みつける。

私は上にかかえあげられ、それから崩れ落ちる。私は床に座り込んだまま夫を見あげる。首が痛い。スカートは膝の上までまくれあがっている。彼はかがみこむようにして言う「お前なんかくたばっちまえ。お前のあそこなんか腐り落ちちまえばいいんだ」そして一度だけすすりあげる。きっと押さえ切れないのだ。自分を押さえることもできないのだ。それから居間に行ってしまう。私は突然彼のことを気の毒だと思う。

昨夜夫は家に帰らなかった。

今朝花が届く。赤と黄の菊だ。私がコーヒーを飲んでいると玄関のベルが鳴る。

「ケーンさんですか？」と若い男が言う。花の入ったボックスを持っている。

私は肯いて、ローブの襟を首まで合わせる。

「名前は言わなくても誰だかわかるよ、と御注文なさった方はおっしゃっておられました」男の子は喉のところが開いている私のローブに目をやる。そして帽子に手をやる。彼は両足を開き、階段のいちばん上の段に踏んばって立っている。「それではどうも有り難うございました」と彼は言う。

少しあとで電話のベルが鳴る。「やあ、元気？」とスチュアートが言う。「今日は早く帰る。愛してるよ。聞こえたかい？　愛してるよ。悪かったと思ってる。仲なおりしようよ。じゃあね。今ちょっと忙しいからさ」

花を花瓶に入れ、食堂のテーブルのまんなかに置く。それから私は自分の荷物を客用のベッドルームに運びこむ。

昨夜、十二時ごろ、スチュアートは私の部屋のドアの鍵を壊した。そうしようと思えばできるんだということを彼は示したかったのだろう。その証拠にドアがばたんと開いたときにも、彼はべつに何もしない。下着姿のまま驚いたようなきまり悪いような顔をして、そこに突っ立っているだけだ。怒りの表情が彼の顔からすべり落ちるように消えていく。彼はゆっくりとドアを閉める。少し間があって、製氷皿の氷をとる音が台所から聞こえる。

今日スチュアートから電話があったとき、私はベッドの中にいた。二、三日母に家に来てもらうことにしたよ、と彼は言う。私はそのことについて少し考えてから、彼がまだしゃべりつづけている途中で電話を切る。しかしほどなく、私は彼の会社に電話をかける。彼がやっと電話に出る。「べつにそれでかまわないわよ、スチュアート」と私は言う。「本当にかまわないの、べつになんだっていいのよ」

「愛してるよ」と彼は言う。

彼は何かべつのことをしゃべっている。私はそれを聞きながらゆっくりと肯く。私は眠い。それから私ははっと目を覚ます。そして言う。「ねえ、スチュアート、わかって。彼女はまだほんの子供だったのよ」

あとがき

この本のまえがきを書いてみないかと言われたときに、私は書きたいとは思わないと答えた。でもそのあといろいろと考えてみて、やはり何か少し書いておいた方がいいかもしれないと思うようになった。でもまえがきではない方がいい、と私は言った。まえがきというのはいささか偉そうに思えるのだ。小説にせよ、詩にせよ、自分の本にまえがきやら序文といったようなものを付けるのは、もっと偉い作家に（まあ五十を過ぎたくらいの人に）まかせておくべきであろう。でもあとがきくらいなら書いてもいい、と私は言った。というような経緯で、善し悪しはともかく、このような文章を書くことにあいなった。

ここに選んだ詩は、一九六六年から一九八二年にかけて書かれたものである。そのうちのいくつかのものは『クラマス川近くで』と『冬の不眠症』と『夜になると鮭は』といった詩集に収録されていたものである。それとは別に、『夜になると鮭は』

が一九七六年に出版されたあとで私が書いたいくつかの詩を収録した。これらは雑誌や文芸誌に掲載されたが、これまでのところ本には収録されていない。詩は発表年代順に並んではいない。それらはだいたいにおいて、そこに含まれている思いや感覚のあり方によって、いくつかのおおまかなグループに分けられている。感覚と感情の傾向による分類と言っていい。この本のために詩を選び始めたときに、そのような流れが働いていることに私は気づいたのだ。いくつかの詩は、ごく自然にしかるべきエリアか、あるいはしかるべきオブセッションの中に収まっていった。たとえば何らかのかたちでアルコールを扱っているものがいくつかあり、外国旅行や歴史上の人物を扱っているものがいくつかあり、また家庭内のこと、身近な物事だけに関係しているものがいくつかあった。そんなわけで、この本のアレンジに着手したときに、基本的にはそういう配列でいこうと思った。例をあげると、私は一九七二年に『乾杯』という詩を書いた。その十年後の一九八二年に、がらっと違った生活のなかで、たくさんの違った種類の詩を書いてきたあとで、私は『アルコール』という詩を書いていたわけだ。だからこの本のために詩を選別するときになって、その詩がどこに落ちつくべきかを教えてくれたのは、たいていの場合には、その内容であり、オブセッション（私はテーマという言葉を好まない）であった。そのプロセスについては特筆すべきことも、あらためて語るほどのこともない。

もう一言だけ。かつて出版されたことのある詩に関しては、ほとんどの場合わずかながら（目には映らないくらいわずかなこともある）、改変が加えられている。しかしたとえわずかとはいえ、改変は改変である。私は今年の夏に手を入れたのだが、それによって詩の出来はよくなっていると思う。でも改変についてはまたあとであらためて述べる。

二つのエッセイは一九八一年に発表された。依頼を受けて書いたのだ。「ニューヨーク・タイムズ・ブック・レヴュー」の担当者が私に「書くということについてなんでもいいから」書いてくれと言ってきて、その結果『書くことについて』という短文ができたのだ。もう一つの方は『存続しつづけるものを讃えて』という「影響力」を主題とする本のために（これは「アメリカン・ポエトリー・レヴュー」のスティーヴ・バーグと、ハーパー・アンド・ロウのテッド・ソロタロフによってまとめられた）何か書かないかという要請を受けて、「影響力について」書かれたものである。私が寄稿したのは『ファイアズ（炎）』というものだった。そしてそれをこの本の題にしようと持ち出したのはノエル・ヤングである。

いちばん初期に書かれたのは『キャビン』で、これは一九六六年の作品である。もともとは『怒りの季節』に収められていたのだが、本書に収録するためにこの夏に書き直した。「インディアナ・レヴュー」がこの作品を一九八二年秋号に掲載することになっている。『雉子』はもっとずっと最近の作品で、今月メタコム・プレスから限定出版シリーズの一つとして出ることになっている。またこの秋には「ニューイングランド・レヴュー」にも掲載されることになっている。

私は自分の短篇をいじりまわすのが好きだ。書きおえた作品によく手入れをする。そしてそのあとでもまたこつこつといじりまわす。あっちを変え、こっちを変える。何もないところから新しいものを書かなくてはいけないより、既に書き上げたものに細かく手入れするほうが好きなのだ。私にとって新しい小説を書くという作業は、なんとかそれをこなして、そのあと小説を楽しめるように、ひとまず通過しなくてはならない難所にすぎないのではないかと思えるほどだ。書き直しは私にとってはまったくと言っていいほど苦にならない。好きでやっていることだ。私はぱっぱといろんなことを思いつくタイプではない。むしろじっくりと考えて注意深く行動する性格である。そのせいで書き直しが好きなのかもしれない。あるいはそれほどのことでもなく、ただこじつけているだけかもしれない。でも私は知っている。一度書き上げられた作品を書き直すことは私にとっては自然なことであり、また自分でも楽しんでやっているのだということを。おそらく私が書き直しを好むのは、書き直すことによって自分が何を書こうとしていたのかという核心にちょっとずつ近づいていけるからだろう。自分がそれを見出せるかどうかを、私はずっと心して見張っていなくてはならないのだ。それは固定されたポジションというよりはむしろプロセスなのだ。

　自分がこんな風にしつこく作品をいじりまわさなくてはならないのは、性格的な欠陥によるものではないかと考えた時期も過去にはあった。でももうそんなことは思わない。フランク・オコナーがこんなことを言っていた。自分はいつもいつも小説を書き直しているし（それも最初の段階で二十回も三十回も書き直したあとでである）、いつか書き直した作品を収めた、書き直された本を出したいものだ、と。私はここでは、ある程度それに近いことをする機会を与えられた。ここの中の二篇の短篇小説、『隔たり』と『足もとに流れる深い川』（もともとは『怒りの季節』に収められた八篇の短篇の中の二つであった）は最初に『怒りの季節』に発表され、それから『愛について語るときに我々の語ること』に収録された。絶版になっていた二冊の私の本（『怒りの季節』と『夜になると鮭は』）を一つにして再出版しないかという話がキャプラ社から来たとき、このような本を作ろうというアイデアが私の頭にだんだんまとまってきた。もっとも私は、キャプラ社がここに収めたいと望んでいた前述の二篇の短篇についてはいささか困ってしまった。というのは、これらはすでに大幅に書き直されてクノップフ社の本（訳者註『愛について語るときに我々の語ること』のこと）に収められてしまっていたからである。しかし、しばらくじっくりと考えたあとで、私はこれらの作品をキャプラ社の本（訳者註『怒りの季節』のこと）に最初に収められていたヴァージョンにかなり近いかたちで収めようと決心した。でも今回は書き直しは極力控えようと。それらはもう一度書き直された。しかし書き直しは前回ほど大幅なものではなかった。しかしいったい、いつまでこうやって書き直し続けることができるのだろうか？　つまり、これにもいつかは収穫逓《てい》減《げん》の法則が働くことになるはずではないか。でもこの二つの作品に関しては、新しいヴァージョンの方が気に入っているといえる。新しいものの方が最近の私の作風にもよりぴったりと調和しているのだ。

　そんなわけで短篇小説についていえば、多少の差こそあれ、みんな手を入れられている。そしてそれらは最初に雑誌掲載されたり、『怒りの季節』に収められたオリジナル・ヴァージョンとはかたちを異にしている。私はこれを、旧作をより良いかたちに書き直すことができるという幸福な状況に自分がいるという事実のあかしであると考えている。少なくとも、何はともあれ、私はそれがより良いかたちであると思いたい。自分ではとにかくそう思っているのだ。でも正直に言って、それが私の書いたものであれ他人の書いたものであれ、散文であれ韻文であれ、しかるべき時間の経過のあとで手を入れたらきっともっと良くなるだろうなと思わないような作品にはほとんどお目にかかったことがない。

このように旧作をもう一度じっくりと見直し、手を加える機会を与えてくれた、そしてまた私の好きなようにさせてくれた、ノエル・ヤングに謝意を表したい。

レイモンド・カーヴァー

ニューヨーク州シラキュースにて

一九八二年九月七日

解　題

村上春樹

この『ファイアズ（炎）』という本について個人的な思い出がある。これは僕がアメリカに行ってレイ・カーヴァーに会ったときに、彼から直接貰った本なのだ。それは一九八四年の夏のことで、この本はその一年前に出版されたばかりだった。だから僕のこの本には、彼の例によってちまちまとした可愛らしい字でサインがしてある。彼が本にサインする字の大きさは、僕が本にサインする字のだいたい四分の一くらいの大きさしかない。体のサイズは彼の方が圧倒的に大きいのだけれど。

この本はもともとはキャプラ・プレスというカリフォルニアの小さな出版社から一九八三年の四月にソフト・カヴァーで出されたのだが、一年後にヴィンテージからやはりソフト・カヴァーの版が出ている。そして一九八九年にヴィンテージ・コンテンポラリーズ・シリーズとして再出版されている。今回の訳出はすべて一九八九年のヴィンテージ版によった。作品に手を入れるのが何より好きなカーヴァーのことだから、版によっては多少の細かい違いがある。ここに収められたいくつかの作品を僕は以前に訳出したことがあるけれど、そのときのテキストは最初のキャプラ・プレス版によったものであった。

ただし最初と二番目の版に含まれていた作者自身による「あとがき」の文章は、一九八九年の版では削られている。本書では、少しでも多くの彼の文章を拾い上げるという趣旨から、このあとがきをとくに付け加えることにした。このあとがきのテキストはキャプラ版による。僕はキャプラ版を二種類持っているが（ときどきあまりにも版が多くて何が何だかわからなくなってしまう）、そのうちの二百部限定版ハード・カヴァーをテキストにした。

この『ファイアズ（炎）』の特徴は、エッセイと詩と小説とがひとつの本に収まっているという点にある。詳しい経緯はカーヴァー自身の手によるあとがきに触れられているが、いわゆる落ち穂拾い的な内容と言ってもいいだろう。彼が比較的有名になってから書いた四篇のエッセイをまず巻頭に並べ、それから六〇年代後半から七〇年代に発表した詩を収めている。そのほとんどは、既に絶版になってしまった何冊かの彼の詩集から拾い上げたものである。そして最後には七篇の短篇小説が収められている。そのうちの三篇は『愛について語るときに我々の語ること』に収められたもののヴァージョン違いであり（別の作品と言ってもいいくらいに、かなり大幅に違っている）、『ハリーの死』と『雉子』の二篇はそれまでにどの短篇集にも収録されていなかったものである。

もちろん落ち穂拾いとは言っても、凝り性のカーヴァーのことだから、決して手は抜いていない。読んでいただければわかるように、他の本に収め損ねたものを適当に集めて一冊の本にしましたというようなお手軽なものでは決してない。むしろ「この一冊でわかるポータブル・カーヴァー」というコピーをつけてもいいくらいの濃密な内容になっていると思う。僕自身も当時この本を読んで、そうかカーヴァーというのはこういう人だったのかと納得した覚えがある。エッセイはどれも見事な出来だし（エッセイとはこういうものだという手本のようなエッセイである）、本書における詩の選択と配列はカーヴァーの詩の世界への格好の招待状のような役割を果たしている。短篇の内容に関してはあとで個々に述べるが、それぞれに興味深い小品が揃っている。カーヴァーの書く短篇はどんなものでも面白いと言ってしまうと身も蓋もないけれど、とくにヴァージョン違いの三篇については、『愛について語るときに我々の語ること』に収められたヴァージョンと読み比べると尽きない興味がある。何より大事なことは、この本に収められたヴァージョンの方がより新しい（つまりいちばん最近に手を入れられた）――より成熟した――ヴァージョンであるということである。たとえばここに収められた『足もとに流れる深い川』（ロング・ヴァージョン）は『愛について……』に収められたショート・ヴァージョンよりずっと出来がいいと僕は考えている。未亡人のテス・ギャラガーの証言によれば、これらの作品は編集者であるゴードン・リッシュの指示によって短縮版に変えられたのだが、カーヴァー自身はオリジナルの長いヴァージョンに愛着をもっていて、それをもとにより素晴らしい作品をしあげたということになるわけだ。

〈エッセイ〉

『父の肖像』

初出は「エスクァイア」一九八四年九月号であるが、「グランタ」の同年冬号に『彼は何処にいたのか。父の思い出』という題でも掲載されている。一行一行翻訳をしているととくによくわかるのだけれど、無駄のない、実にしっかりとした文章である。自分の肉親について説得力のある文章を書くというのは決して簡単なことではない。結局のところ、文章の力によってどこまでその人物像を相対化できるか、そしてその相対化された像の中にどれだけどこまで自分の感情を編み込めるか、という微妙な勝負になるわけだが、そういう意味ではカーヴァーのこの文章は見事なばかりの説得力を持っている。彼は父親と、書き手である自分とのあいだに、長すぎもせず短すぎもしない距離をきちんと設定していて、終始それが乱されることはない。彼は父親という人間の像を言葉では規定しない。彼は父親の人間性や生き方について何ひとつとして分析をしない。何も褒めないし、何も非難しない。何も持ち上げないし、何もひきずり下ろさない。彼は小さなエピソードをひとつまたひとつと、丁寧に積み重ねていくだけである。ひとつのエピソードは読者の前に差し出されて、ふっと消えていって、そしてまた次のエピソードがその前に差し出される。そしてそのような、一見なんということもないささやかな出来事の積み重ねによって、ひとりの「何でもない男」の肖像を読者の脳裏にありありと浮かび上がらせていくことに成功している。しかしそのような淡々とした静けさを通して、彼の抱いている情愛が読み手にひしひしと伝わってくる。だからこそ父親の死によって書き手の感情がふっと緩む最後の部分が非常に効果的に生きてくるのだ。

『書くことについて』

一九八一年二月に『ストーリーテラーのうちあけ話』という題で「ニューヨーク・タイムズ・ブックレヴュー」に発表された。カーヴァーの小説についての考え方を知るにはうってつけのエッセイである。一人の小説家としてこのエッセイを読んでいると、「なるほど、たしかにそうだな」とひとつひとつ納得させられる。ジョン・バースをはじめとする実験的な作家たちからの攻撃に対していささか自己防御的になっている部分があることが気にはなるが（その気持ちは僕にもよくわかるけれど、そのような文章は結局のところ、多かれ少なかれ自己弁護的にならざるをえないし、それはカーヴァーの文章家としての優れた資質を曇らせてしまうことになるだろう）、言っていることはいちいちもっともである。基本的なものを書くという点では、とても役に立つエッセイだと思う。「作家になるには、とびっきり頭の切れる人間である必要もないのだ」と彼は言う。まったくそのとおり。

「結局のところ、ベストを尽くしたという満足感、精一杯働いたというあかし、我々が墓の中にまで持っていけるのはそれだけなのである」これも本当にそのとおり。僕はよくこの言葉を思い出す。そして反省したり、あるいは励まされたりする。たぶんカードに書いて部屋に貼っておくべきなのだろう。

『ファイアズ（炎）』

一九八二年の秋に「アンティーアス」と「シラキュース・スコラー」という二冊の雑誌に掲載された。またそれと前後してハーパー・アンド・ロウから出版された『存続しつづけるものを讃えて』というアンソロジーにも収録された。この題はカーヴァーの大学時代の先生であったジョン・ガードナーの言葉から取っている。つまり炎とは、作家になるために必要な「創造の炎」のことである。これがなければ人は作家になることはできない。しかし彼の中にあったその創造の炎は、二人の子供の面倒をみなくてはならないという現実の重みに少しずつ押しつぶされ、吹き消されていく。彼にはじっくりと腰を据えて小説を書くだけの暇が与えられないのだ。「私はそのような飢えた年月を通じて、欲求不満のために徐々に正気をなくしつつあったように思う」と彼はここで書いている。そして彼は酒に溺れ、現実に子供たちのことを敵として憎みはじめるようになる。そして子供たちもまた彼を敵として憎みはじめるようになる。そのような子供たちとの深刻な諍いは最後まで彼を苦しませることになった。

彼がここで言いたいのは、我々の書くものがどれほど強く現実の環境に支配されているかということである。そのような現実的影響は（少なくとも彼の場合にはということだが）文学的影響なんかよりもずっと強いものであり、またあらがいがたいものである。彼が長篇小説というものを書けなくなってしまったのは、彼が子供たちに時間と精力を奪われ、仕事に集中することができなくなったからだ、と彼は言う。そのような生活が、彼の中から長篇小説を書くための炎を消してしまったのだ。彼はその悲痛な事実を混んだコイン・ランドリーの中で悟る。そしてそれ以降は長篇小説の執筆をあきらめて、短篇小説と詩にしがみついて書きつづけることになる。

僕も彼の言わんとすることはよくわかる。僕には子供がいなかったけれど、最初の二冊の小説を書いたときには、自分で小さな店を経営していたから、文字通り朝から晩まで働かなくてはならなかった。夜中の一時に帰宅して、台所のテーブルに座って一時間か二時間の書く時間を絞り出すのがやっとだった。たしかにそういう風な書き方をしていると、長い小説は書けない。長い時間集中できないから、ストーリーも文章も分断されてしまう。とくにカーヴァーのような文章的な完璧さを目指す作家にとっては、それは本当に苦しいことだったと思う。

カーヴァーは自伝的なエッセイをあまり残してはいない。そういう意味でもこの『ファイアズ（炎）』というエッセイは、作家としてのカーヴァーの貴重な肉声であると言えよう。悲痛といえばたしかに悲痛な文章だが、自己憐憫に沈んでいかない率直な潔さのようなものが文章をしっかり支えている。

『ジョン・ガードナー、教師としての作家』

一九八三年に「ジョージア・レヴュー」に掲載された。また文中にもあるように、ジョン・ガードナーの『小説家になることについて（On Becoming a Novelist）』という本にも序文として収められている。僕自身は書くことについての教師をひとりも持たなかったし、そもそもの最初から何もかもを自分の力で学びとらなくてはならなかったのだけれど、この文章を読んでいると、たしかに若いころにこういうジョン・ガードナーのような教師がいたらよかっただろうなと思う。この文章で読むかぎりガードナーはかなり特異な教師であり、人物であるが、若き日のカーヴァーがガードナー先生の口にするひとことひとことを熱烈に受け入れ吸収していく様子がよくうかがえる。たぶん相性も良かったのだろう。

〈詩〉

詩についてはそれぞれの初出年と初出誌と収録されていた書名を記する。（　）内の「　」が雑誌名であり、『　』が書名である。なおいくつかの詩は複数の詩集に重複して収められているが、ここでは最初のものだけを記述した。
『一杯やりながらドライブ』（一九六八『クラマス川近くで』）
『幸運』（一九七九「カヤク」）
『投げ売り』（一九七八「カヤク」）
『君の犬が死ぬ』（一九七三「カットバンク」、一九七六『夜になると鮭は』）
『二十二歳のときの父の写真』（一九六八「コロラド・クォータリー」、一九六八『クラマス川近くで』）
『ハミッド・ラムーズ（一八一八—一九〇六）』（一九七八「ミシシッピ・レヴュー」）
『破産』（一九六八『クラマス川近くで』）
『パン屋』（一九七九「カヤク」）
『アイオワの夏』（一九六八「チェルシー」、一九六八『クラマス川近くで』）
『アルコール』（一九八二「ニューイングランド・レヴュー」）
『セムラに、兵士のごとく勇ましく』（一九六五「ベロイト・ポエトリー・ジャーナル」、一九六八『クラマス川近くで』）
『仕事を探そう』（一九七〇『冬の不眠症』）

『乾杯』（一九七六「エスクァイア」七月号）
『ローグ川ジェット・ボート旅行、オレゴン州ゴールド・ビーチ 一九七七年七月四日』（一九七八「アンティオク・レヴュー」）

＊

『君は恋を知らない』（一九七二「クレイジー・ホース」、一九七六『夜になると鮭は』）

＊

『朝に帝国を想う』（一九七一「カヤク」、一九七六『夜になると鮭は』）
『青い石』（一九七八「ミシシッピ・レヴュー」）
『テル・アヴィヴと「ミシシッピ川の生活」』（一九七六『夜になると鮭は』）
『マケドニアにニュースが届く』（一九六八「ディスコース」、一九七〇『冬の不眠症』）
『ヤッファのモスク』（一九七〇『冬の不眠症』）

『ここから遠くないところで』（一九七〇『冬の不眠症』）
『夕立』（一九七二「ミッドウエスト・クォータリー」、一九七六『夜になると鮭は』）
『バルザック』（一九六七「リーヴィー」、一九六八『クラマス川近くで』）
『田園事情』（一九七五「プラウシェアズ」、一九七六『夜になると鮭は』）
『この部屋のこと』（一九六七「ウエストコースト・レヴュー」、一九七〇『冬の不眠症』）
『ロードス島』（一九七六『夜になると鮭は』）
『紀元前四八〇年の春』（一九六三「トヨン」。この詩は雑誌掲載時にはジョン・ヴェイルの筆名で発表されている。一九六八『クラマス川近くで』）

*

『クラマス川近くで』（一九六八『クラマス川近くで』）
『秋』（一九六八『クラマス川近くで』）
『冬の不眠症』（一九七〇『冬の不眠症』）
『プロッサー』（一九七二「カヤク」、一九七六『夜になると鮭は』）

『夜になると鮭は』（一九七六『夜になると鮭は』）
『カウィッチ・クリークで、伸縮式竿を手に』（一九六八『クラマス川近くで』）
『女病理学者であるプラット博士に捧げられた詩』（一九六八『クラマス川近くで』）
『ウェス・ハーディン、一枚の写真から』（一九六五「ウエスタン・ヒューマニティーズ・レヴュー」、一九六八『クラマス川近くで』）
『結婚』（一九八一「アクロス・レヴュー」）
『もうひとつの人生』（一九八〇「ミズーリ・レヴュー」）
『癌患者としての郵便配達夫』（一九六七「リーヴィー」、一九六八『クラマス川近くで』）
『ヘミングウェイとW・C・ウィリアムズのための詩』（一九七六『夜になると鮭は』）
『拷問』（一九七八「ミシシッピ・レヴュー」）
『うき』（一九六八『クラマス川近くで』）
『チコからハイウェイ99Eに乗って』（一九六八『クラマス川近くで』）
『クーガー』（一九七三「カットバンク」、一九七六『夜になると鮭は』）
『流れ』（一九六七「リーヴィー」、一九六八『クラマス川近くで』）
『ハンター』（一九六八『クラマス川近くで』）

『十一月の土曜日の朝になんとか朝寝がしたくて』(一九六八「チェルシー」、一九六八『クラマス川近くで』)
『ルイーズ』(一九八二「アイアンウッド」)
『綱渡りの名人、カール・ワレンダに捧げる詩』(一九八一「カヤク」)
『デシューツ川』(一九六七「ウエスタン・ヒューマニティーズ・レヴュー」、一九六八『クラマス川近くで』)
『永遠に』(一九六八「カヤク」、一九七〇『冬の不眠症』)
『二十二歳のときの父の写真』は巻頭のエッセイ『父の肖像』にも引用されているのだが、引用されている詩は、独立した詩としての『二十二歳のときの父の写真』というくつかの部分で異なっている。したがって訳も違っている。ご了承願いたい。

〈短　篇〉

『隔たり』
この小説は一九七五年の秋に「シャリトン・レヴュー」という雑誌に掲載された。

その版は『怒りの季節』という短篇集（一九七七年・絶版）に収録されている。これは一九七八年に短縮して書き直され「プレイガール」誌に掲載された。その改変短縮版は『愛について語るときに我々の語ること』の中に『何もかもが彼にくっついていた』という題で収められている。ここに収録されているのは、「あとがき」にも触れられているように、オリジナルの長い方の版に基づいて書き直されたものである。長い方と短い方とどちらをより高く評価するかは、あくまで好みの問題だが、僕は個人的には長い方が好きだ。細部の書き込み方がいかにもカーヴァーらしくて、それぞれの小さなエピソードがうまく生きているように思う。

ハイスクールを出てすぐに結婚して、そのまま子供を作った若い夫婦。彼ら自身がまだ子供のような年齢である。そして彼らはあくまで無垢である。でもその無垢さは、現実というくびきの下で急速に色褪せていくことになる。読者はその暗い日々の到来を予感としてはっきりと感じ取ることができる。しかし二人にはまだそれはわからない。いさかいやすれ違いがあっても、彼らは笑いあい、抱き合ってすべてを簡単に解決してしまう。この物語は二十年ばかりあとに、雪の日のミラノで、成長した娘に向かって回想として語られている。これは一言でいえば「鴨撃ちに行けなかった少年の話」ということになるわけだが、しかしこの物語の根幹にあるのは、銃で撃たれた鴨の姿である。この小説を読んでいると、死んでぐったりとした、血まみれの鴨の姿が無言のうちに浮かび上がっている。鴨がどれほど美しく、自分がどれほど鴨を愛しているかについて語る少年、しかしそれは彼が鴨を撃つことを阻止しない。「でも人生にはあらゆる種類の矛盾がふくまれているんだ。そんな矛盾についていちいち考え込むわけにはいかない」と彼は言う。そして彼は夫婦で孤独にむつみあう鴨たちを、これという感興もなく殺していく。彼はそれを「人生の矛盾」という一言で片づけてしまう。そしてまた、その矛盾の中で彼の人生も少しずつ失われていくのだ。

私事で恐縮だが、以前ニューヨークに近いニュージャージー・ガーデン・ステート・パークウェイを車で走っているときに、死んだ鴨の夫婦の姿を路上に見たことがあった。低空を飛んでいるときに車にぶつかったらしく、きれいな姿で並んで死んでいた。そのときにこの小説を思い出して、可哀そうだけれど、まあ両方一緒に死ねてよかったのかなと思った。残された一羽がガーデン・ステート・パークウェイの上空を舞いつづけるというのはけっこう切ないものだろう。

『嘘』

この奇妙な小品は一九七一年に「サウウエスター・リテラリ・クォータリー」に掲

載され、前述の『怒りの季節』に収録された。小説というよりは小説的スケッチという方が近いかもしれない。読んでそのとおりの話で、とくに付け加えるべきこともないのだが、妻の浮気を真剣に追及するべきときにトルストイの話をしてしまわざるをえない男の弱さが妙に身にしみる。

『キャビン』

これは一九六三年に「ウエスタン・ヒューマニティーズ・レヴュー」という雑誌に掲載され、『怒りの季節』に収録された。『隔たり』における鴨と同じように、ハンターに撃たれて傷を負って、おそらくは助かる見込みもないのだろうが、それでもよろけながら必死に逃げつづける鹿の姿が、孤独な主人公の姿にオーバーラップされている。カーヴァー自身も、釣りは好んだけれど、猟というものを（少なくとも成人してからは）あまり好まなかった人であったと聞いている。彼の小説においては釣りというものはいつもだいたいポジティヴに扱われているが、猟の方はネガティヴに扱われていることが多い。

この時期のカーヴァーの作品は救いのない孤独な感情を精密に描くことに力を集中させている。しかし彼はその孤独さを独白するわけでもなく、あるいは分析するのでもない。その寂寥感は解け残った雪や、高い空や、「心臓が止まりそうなほど冷たい」川の水や、置き忘れられた釣り竿や、鼻孔から白い粘液を垂らしながら逃げていく鹿の姿に託されている。

『ハリーの死』

コミカルな種類の小説である。一九七五年に「ユウリーカ・レヴュー」に掲載された。短篇集に収録されたのはこれが最初。話そのものはたいした話ではなくて、ハリーというやり手の男（いかにもそのへんにいそうなタイプの男である）が何かの事故で死んでしまって、その男の残したヨットとガールフレンドを、語り手である友達がなんとなくうまい具合にいただいてしまうという筋である。語り口のとぼけた面白さで読ませる。語り手が善人なのか悪人なのかなかなかわからないというところがミソである。

一時期カーヴァーはこうした軽いユーモア小説のようなものを書こうとしていたようだが、彼のユーモアの質はどちらかというといわゆる「ユーモア小説」よりは、シリアスな中にふっと挟み込まれたおかしみの方に向いているように思える。切ないけれどおかしい、おかしいけれど切ない、という種類のおかしみである。おそらくそれが理由であると推察するわけだが、後期のカーヴァーはこのような傾向の作品を書かなくなった。この『ハリーの死』はカーヴァーが初期から中期にかけておこなったいくつかの試みのひとつとして読むべき作品であろう。

『雉子』

一九七三年に「オクシデント」誌に掲載。一九八二年にメタコム・プレスという出版社からこの作品だけを収めた小さな本として少部数出版されたことがある（そのような例は他にもいくつかあって、これはもちろんコレクターズ・アイテムになっている）。

これも雉子の死ぬ話。夜中にふと思いついて、ロス・アンジェルスからカーメルに車で向かう男女の話。男は三十歳の売れない俳優で、女は四十二歳の金持ちの女。お互いに自分たちの関係にうんざりしている。男は運転しているときに前に出てきた雉子にわざと車をぶっつけてヘッドライトを割ってしまう。どうしてそんなことをしたのか、自分でもよくわからない。なんだか奇妙な話で、話としては面白いのだけれど、男の方も女の方も描かれている人間像にいくぶん深みが欠けていて、話の焦点がちょっとぼけているかもしれない。一九六〇年代に作られたイタリア・オムニバス映画の一挿話のような印象がある。でも僕はこの話がけっこう好きである。

『みんなは何処に行ったのか?』

一九八〇年に「トライクォータリー」誌に掲載。『愛について語るときに我々の語ること』の中に『ミスター・コーヒーとミスター修理屋』というタイトルで改変短縮版が収められている。これもどちらを好むかは個人の趣味の問題である。長い方にはたしかにランブリングな(あちこちうろつきすぎる)傾向があっていささか気にならなくもないのだけれど、そのランブリング・スタイルもカーヴァーの大事な持ち味のひとつなので、それがすっぱりと切られてしまうとちょっと素っ気ないかなという感じもある。

人生の敗残者たちの話である。ここに登場する人物たちはみんな多かれ少なかれ人生から落ちこぼれている。アルコール中毒で、失業者で、家庭は崩壊寸前で、金に困っていて、お互いに暴力を振るいあっている。先になって立ち直れるような見込みもほとんどないように見える。しかし落ちこぼれ、希望から見放されていても、とにかく人生は進み続ける。そして彼らもそれに合わせて進み続ける。とにかく何はともあれ、とりあえず前に進んでいくというのが、彼らのあいだの共通理念として存在している。誰も死については語らない（死ぬことを考えても不思議ではないくらい切羽詰まった状況なのだが）。たしかに主人公は妻の浮気の相手を殺してやると言って脅すが、それもただ口で脅すだけのことで、実行するような意志も元気もない。かえって苦境に立っているもの同士、連帯感さえ抱いているくらいだ。そういう、ネジが緩んだまま みんなでよたよたと進みつづけていく人々の、不可思議といえば不可思議、リアルといえばリアルな様々な言動が、かえって人間の生きる意志のようなものを感じさせるところが、この作品の面白みだと思う。

『足もとに流れる深い川』

この短篇は僕が生まれて初めて読んだカーヴァーの作品で、これを読んだおかげですっかりカーヴァーのとりこになってしまったわけだ。僕はこれを『ぼくが電話をかけている場所』という作品集（一九八三年 中央公論社刊 品切）の中で訳したのだが、これは『ウエスト・コースト・フィクションズ』というアンソロジーに収められたヴァージョンをテキストとしており、基本的にはこのヴァージョンと同じだが、細部がところどころ違っている。この作品も『愛について……』では改変短縮版が収録されている。前にも書いたが、この作品についてはここに収められた版の方がずっといいと思う。

この作品は何度も読み返したけれど、読むたびにいくぶん印象が変わる傾向がある。語り手の女性と、その夫の立場が、読み方によって少しずつずれてくるのだ。語り手の女性（クレア）は明らかに精神病の徴候を抱えている。夫（スチュアート）は明らかにまともだが、人間としての深みに欠けているように設定されている。二人の関係は決して悪いものではないのだが、そこにはたしかな緊張感がある。その緊張感の根幹にあるものは暴力性である。そしてその暴力性は、性的なイメージと結びついている。おそらくクレアが性を意識する段階で、友人が惨殺されたことが大きな意味を持っているものと思われる。だからこそ、殺されて川に棄てられた少女が夫婦生活の破綻の引き金となるわけだ。そういう経緯が物語の中で、読者に対して少しずつ明らかにされていく。そういう基本的なラインは比較的明快だ。しかしそれにもかかわらず、すべてはきわめて微妙である。なぜなら小説そのものが、クレアの視点から語られているからだ。そこで語られている感覚が正常なものなのかどうか、それはクレアにさえわからないのだ。もっとつっこんで言えば、彼女の語っていることが真実かどうかさえ、確証はないのだ。

「過去はぼんやりとしている。古い日々の上に薄い膜がかぶさっているみたいだ。私が経験したと思っていることが本当に私の身に起こったことかどうかさえよくわからない」

もし過去が不明確であるとしたら、その過去の記憶に基づいて行動し語っているクレアがどこまで正しいのか、誰にわかるだろう。そしてそういう観点からもう一度夫のスチュアートの言動を追ってみると、薄っぺらに思えた彼の人間像がまた少し違った色彩を帯びてくるのである。そういう、ちょっとした筆の振幅で事実そのものが揺らいでしまうような微妙さが、そのままこの小説の深みになっている。

『雉子』においてはこれと同じ種類の「登場人物に同化できないフラストレーション」がいくぶんマイナスの方向に働いていたわけだが、ここにおいては深化された懐疑のようなものへと昇華されている。一筋縄ではいかない作品である。というわけで、今回の改訳に際してはかなり手を入れた。

訳についてはいつものように柴田元幸氏の教示をあおいだ。深く感謝する。

『ファイアズ（炎）』（レイモンド・カーヴァー全集 第四巻）
一九九二年九月 中央公論社刊。ライブラリー版刊行にあたり訳文を改めました。
（編集部）

装幀・カバー写真　和田　誠

村上春樹《むらかみはるき》 翻訳《ほんやく》ライブラリー

ファイアズ（炎《ほのお》）

2007年5月10日　初版発行
2023年8月25日　3版発行

訳　者　村上《むらかみ》　春樹《はるき》
著　者　レイモンド・カーヴァー
発行者　安部　順一
発行所　中央公論新社
〒100-8152 東京都千代田区大手町1-7-1
電話　販売部 03（5299）1730
　　　編集部 03（5299）1740
URL https://www.chuko.co.jp/

印　刷　三晃印刷　　　製　本　小泉製本

Published by CHUOKORON-SHINSHA, INC.
Printed in Japan　ISBN978-4-12-403503-2 C0097
定価はカバーに表示してあります。
落丁本・乱丁本はお手数ですが小社販売部宛お送り下さい。
送料小社負担にてお取り替えいたします。